野草　朝花夕拾

魯迅　著

丘庭傑　導讀

責任編輯　許正旺
書籍設計　陳朗思

書　　名　野草　朝花夕拾
著　　者　魯迅
導　　讀　丘庭傑
出　　版　三聯書店（香港）有限公司
香港北角英皇道四九九號北角工業大廈二十樓
香港發行　香港聯合書刊物流有限公司
香港新界荃灣德士古道二二〇至二四八號十六樓
印　　刷　美雅印刷製本有限公司
香港九龍觀塘榮業街六號四樓A室
版　　次　二〇二五年一月香港第一版第一次印刷
規　　格　特三十二開（105 mm × 165 mm）二〇〇面
國際書號　ISBN 978-962-04-5578-0

Published & Printed in Hong Kong, China.

再版說明

“三聯文庫”自一九九八年出版，遴選中外文學代表作，包羅古今文類。文庫前後收錄小說、詩詞、散文、戲劇、翻譯作品等八十二種，為讀者提供豐盛的文學滋養，有利於讀者輕鬆閱讀、欣賞經典。

本文庫初版時值本店成立五十週年，如今本店已逾從心之年，故將重版本文庫以作紀念。為滿足大眾讀者需求，是次再版仍以價廉物美為原則，設計則凸顯書本手感與閱讀內文的舒適度，更特邀資深中文科老師、作家撰寫導讀，引導讀者品賞名作。

為保全作品原貌，編輯不對原書內文作明顯改動，只修訂部分文字、標點、注釋資料等錯處，以示尊重。雖經細緻校正，惟編輯水平所限，錯漏難免，懇請讀者指正。

三聯書店（香港）有限公司

出版部

二〇二〇年一月

目錄

朝花夕拾

導讀

丘庭傑

一

《野草》是一部散文詩集，收入魯迅在 1924 年至 1926 年間所作的 23 篇作品，書前有作〈題辭〉1 篇，1927 年 7 月由北京北新書局出版，列入“烏合叢書”之一。“散文詩集”這個詞很特別，需要先釐清它的意涵。有人認為是“散文”與“詩”結合在一篇作品裡，也有人認為是集內混合了散文和詩，事實上兩種看法都說得對。“散文詩”的概念由劉半農首次提出，魯迅亦多次提及。《野草》出版廣告：“《野草》可以說是魯迅的一部散文詩集，用優美的文字寫出深奧的哲理，在魯迅的許多作品中，是一部風格最特異的作品。”[1] 據學者陳子善的考證，這則廣告很可能出自魯迅之手。在其他書信裡，魯迅也用“散文小詩”、“散文詩”來形容《野草》的這些作品。《野草》所收的作品，既有一些相對純粹的散文，例如〈風箏〉，也有一些相對純粹的詩，像〈我的失戀〉是一首“擬古的新打油詩”（魯迅語），模仿張衡《四愁詩》的格式來諷刺當時流行於詩壇的濫情新詩。更多的是同時結合“散文”與“詩”之特質的作品，以及許多難於歸類的作品。例如〈墓碣文〉裡的“待我成塵時，你將見我的微笑！”一句充滿張力，引發聯想，極富詩意，但“我夢見自己正和墓碣對立，讀著上面的刻辭。那墓碣似是沙石所製，剝落很多，又有苔蘚叢生，僅存有限的文句——”一句又偏向記敘，貼近散文。〈秋夜〉句式排列近散文，但各種象徵的使用又密集如詩。倘若細分，集內作品的文體更為豐富多樣。〈聰明人和傻子和奴才〉可以視為寓言故事，〈過客〉是詩劇，也是案頭劇。[2] 總之，閱讀《野草》，你將會發現多種文體混合夾雜，形式上具有一定的實驗性。這些作品在新文學運動發生不到十年間出現，可以看到作家在藝術形式上尋求突破、勇於立異求新的姿態。

雖然文體各異，但有一種精神價值貫穿《野草》多篇作品，用魯迅自己的話來說，就是“反抗絕望”。人生在世，總有逆境，不可能永遠順意，尤在歷史時局變化多歧的時刻，可能會對人類力量之渺小感到無奈與失望。魯迅在 1924 年至 1926 年間心情頹唐，對於社會前途、人生價值以及人的存在都產生了懷疑。此時，五四新文化運動已經幾年，理想社會未有馬上實現，軍閥問題依然嚴峻，導致青年與知識份子陷入了消沉的氣氛，社會前景未明，一片迷茫。像魯迅用“失掉的好地獄”為題目，就精闢地表達了社會並未變好，統治者與規則換了，地獄依然是地獄，軍閥亂鬥讓人受苦，他的學生、朋友更喪命在亂局之中。但魯迅是如何面對這份悲觀頹唐的心情呢？

魯迅這時候畢竟已經是個中年人了。他沒有急著去擁抱希望，沒有用“明天一定會更好”的話來安慰自己與讀者。在〈希望〉裡，魯迅表達了他不敢輕易相信希望，認為那是一種自欺。

假如明天不一定會更好，我所承受的苦悶有何意義？絕望的人會說，那不如接受現實，直接投降放棄吧。但魯迅也反對這種做法。他選擇了另一種方式：直面自己，用文藝來展現自己的內心世界，並將思考帶到更深廣的層次。他主張既不輕易擁抱希望，也不願意就此絕望，要“反抗絕望”。他在書信寫道：“我以為絕望而反抗者難，比因希望而戰鬥者更勇猛，更悲壯”。[3] 雖然這些困難讓人難受，但同時證明人的存在；還會痛，證明你正勇敢地活著，比起放棄自我更有價值。這就是《野草》的人生哲學。

二

《朝花夕拾》是魯迅 1926 年所作的十篇回憶散文。原刊於《莽原》雜誌時名為“舊事重提”，後改“朝花夕拾”入集，題名充分展現貫穿此集的一種時間意識。魯迅寫這系列的文章，就是希望透過回想過去來暫時排解紛擾現世裡的煩愁。這十篇的題材包括懷念故人，例如〈父親的病〉、〈藤野先生〉、〈范愛農〉等，亦有一些圍繞舊物、舊地而開展，例如〈阿長與《山海經》〉、〈瑣記〉、〈從百草園到三味書屋〉等。相比《野草》的瑰異想像，《朝花夕拾》充滿了真實細節，讓讀者看到魯迅的童年生活片段。例如是魯迅小時候對民間習俗“迎神賽會”的鍾愛，就可能逆轉一般對以為新文化 / 舊文化是截然二分的印象。雖然魯迅在〈《二十四孝圖》〉裡極力批判舊思想，認為那些陳義過高的故事反而於人有害，又在〈父親的病〉裡表達了舊式醫學以丹藥、符咒之說治人的厭惡，但在〈五猖會〉和〈無常〉這些篇章又表達了小時候對賽會、目連戲等舊習俗的熱愛。學者夏濟安認為，這些中國傳統文學與文化構成了魯迅特殊的幽暗一面，對理解魯迅這位思想複雜矛盾的作家有其重要。隨著十篇的回憶散文，可以慢慢拼湊一幅魯迅的成長圖景。

清晨盛開的鮮花，經過漫長的一天，傍晚撿拾，會有怎樣的心情？《野草》的〈臘葉〉寫到魯迅一天在書中發現一片已經壓乾的楓葉，便回想起那是在一年前摘下的一片病葉，將它夾在書裡，希望它的顏色暫得保存，如今卻已褪為黃臘色了。“假使再過幾年，舊時的顏色在記憶中消去，怕連我也不知道他何以夾在書裡面的原因了”。於是就有了〈臘葉〉。這也是作家自況，過去的事情害怕有天會忘記，希望以寫作保存，留住記憶。傍晚拾花，為的無非是留住記憶中的朝花。

魯迅在集前的〈小引〉以“故鄉食物”的話題帶出一份心情：

> 我有一時，曾經屢次憶起兒時在故鄉所吃的蔬果：菱角，羅漢豆，茭白，香瓜。凡這些，都是極其鮮美可口的；都曾是使我思鄉的蠱惑。後來，我在久別之後嘗到了，也不過如此；惟獨在記憶上，還有舊來的意味留存。他們也許要哄騙我一生，使我時時反顧。

這就跟〈阿長與《山海經》〉的繪圖《山海經》一樣，對童年魯迅來說，那是“最深愛的寶書”，甚至勝過對隱鼠的喜愛，但到他長大以後重新翻看，卻發現木刻版《山海經》的繪圖刻印得粗拙，與回憶中的“寶書”不同。魯迅反覆回想與書寫種種畫面、聲音、味道與感覺，皆因這些經驗都已經是流逝之物，任你在世界上找到一樣的物件，感覺還是有分別了。但往日記憶的絢麗與珍貴，正是在其無法拾回，後來回想，有種“只是當時已惘然”之感。我們卻仍然不悔一再追憶，時時反顧。

三

《野草》和《朝花夕拾》都是魯迅對於“生”的不同思考。這些作品都用不同的方式記錄了魯迅對生命、死亡、希望、文明、親情等永恆話題的思考。作品如“野草”般成為他在世上存在過的印記，也如“朝花”般讓百年後的我們重拾。詩的多義性，文體的多樣性，皆讓兩部集成為了大花園，讀者實在無須急於尋求一種“正確”的路徑。在這三十幾篇作品裡，風格與題材俱異。每個人的閱讀口味也有不同，口味不對的，暫時跳過也無妨，就順著心意喜好而讀，相信總會遇上引起共鳴的作品，擦亮生命的火花。

注釋

1　1927 年 7 月《野草》初版本版權頁後的廣告頁。

2　主要供閱讀而非演出而創作的戲劇。

3　1925 年 4 月 11 日致趙其文信。

野草

題辭

當我沉默著的時候，我覺得充實；我將開口，同時感到空虛。

過去的生命已經死亡。我對於這死亡有大歡喜，因為我借此知道它曾經存活。死亡的生命已經朽腐。我對於這朽腐有大歡喜，因為我借此知道它還非空虛。

生命的泥委棄在地面上，不生喬木，只生野草，這是我的罪過。

野草，根本不深，花葉不美，然而吸取露，吸取水，吸取陳死人的血和肉，各各奪取它的生存。當生存時，還是將遭踐踏，將遭刪刈，直至於死亡而朽腐。

但我坦然，欣然。我將大笑，我將歌唱。

我自愛我的野草，但我憎惡這以野草作裝飾的地面。

地火在地下運行，奔突；熔岩一旦噴出，將燒盡一切野草，以及喬木，於是並且無可朽腐。

但我坦然，欣然。我將大笑，我將歌唱。

天地有如此靜穆，我不能大笑而且歌唱。天地即不如此靜穆，我或者也將不能。我以這一叢野草，在明與暗，生與死，過去與未來之際，獻於友與仇，人與獸，愛者與不愛者之前作證。

為我自己，為友與仇，人與獸，愛者與不愛者，我希望這野草的死亡與朽腐，火速到來。要不然，我先就未曾生存，這實在比死亡與朽腐更其不幸。

去罷，野草，連著我的題辭！

一九二七年四月二十六日，

魯迅記於廣州之白雲樓上。

秋夜

在我的後園，可以看見牆外有兩株樹，一株是棗樹，還有一株也是棗樹。

這上面的夜的天空，奇怪而高，我生平沒有見過這樣的奇怪而高的天空。他彷彿要離開人間而去，使人們仰面不再看見。然而現在卻非常之藍，閃閃地映著幾十個星星的眼，冷眼。他的口角上現出微笑，似乎自以為大有深意，而將繁霜灑在我的園裡的野花草上。

我不知道那些花草真叫什麼名字，人們叫他們什麼名字。我記得有一種開過極細小的粉紅花，現在還開著，但是更極細小了，她在冷的夜氣中，瑟縮地做夢，夢見春的到來，夢見秋的到來，夢見瘦的詩人將眼淚擦在她最末的花瓣上，告訴她秋雖然來，冬雖然來，而此後接著還是春，胡蝶亂飛，蜜蜂都唱起春詞來了。她於是一笑，雖然顏色凍得紅慘慘地，仍然瑟縮著。

棗樹，他們簡直落盡了葉子。先前，還有一兩個孩子來打他們別人打剩的棗子，現在是一個也不剩了，連葉子也落盡了。他知道小粉紅花的夢，秋後要有春；他也知道落葉的夢，春後還是秋。他簡直落盡葉子，單剩幹子，然而脫了當初滿樹是果實和葉子時候的弧形，欠伸得很舒服。但是，有幾枝還低亞著，護定他從打棗的竿梢所得的皮傷，而最直最長的幾枝，卻已默默地鐵似的直刺著奇怪而高的天空，使天空閃閃地鬼睞眼；直刺著天空中圓滿的月亮，使月亮窘得發白。

鬼睞眼的天空越加非常之藍，不安了，彷彿想離去人間，避開棗樹，只將月亮剩下。然而月亮也暗暗地躲到東邊去了。而一無所有的幹子，卻仍然默默地鐵似的直刺著奇怪而高的天空，一意要制他的死命，不管他各式各樣地睞著許多蠱惑的眼睛。

哇的一聲，夜遊的惡鳥飛過了。

我忽而聽到夜半的笑聲，吃吃地，似乎不願意驚動睡著的人，然而四圍的空氣都應和著笑。夜半，沒有別的人，我即刻聽出這聲音就在我嘴裡，我也即刻被這笑聲所驅逐，回進自己的房。燈火的帶子也即刻被我旋高了。

後窗的玻璃上丁丁地響，還有許多小飛蟲亂

撞。不多久，幾個進來了，許是從窗紙的破孔進來的。他們一進來，又在玻璃的燈罩上撞得丁丁地響。一個從上面撞進去了，他於是遇到火，而且我以為這火是真的。兩三個卻休息在燈的紙罩上喘氣。那罩是昨晚新換的罩，雪白的紙，折出波浪紋的疊痕，一角還畫出一枝猩紅色的梔子。

猩紅的梔子開花時，棗樹又要做小粉紅花的夢，青蔥地彎成弧形了……。我又聽到夜半的笑聲；我趕緊砍斷我的心緒，看那老在白紙罩上的小青蟲，頭大尾小，向日葵子似的，只有半粒小麥那麼大，遍身的顏色蒼翠得可愛，可憐。

我打一個呵欠，點起一支紙煙，噴出煙來，對著燈默默地敬奠這些蒼翠精緻的英雄們。

一九二四年九月十五日。

影的告別

人睡到不知道時候的時候，就會有影來告別，說出那些話——

有我所不樂意的在天堂裡，我不願去；有我所不樂意的在地獄裡，我不願去；有我所不樂意的在你們將來的黃金世界裡，我不願去。

然而你就是我所不樂意的。

朋友，我不想跟隨你了，我不願住。

我不願意！

嗚呼嗚呼，我不願意，我不如彷徨於無地。

我不過一個影，要別你而沉沒在黑暗裡了。然而黑暗又會吞併我，然而光明又會使我消失。

然而我不願彷徨於明暗之間，我不如在黑暗裡沉沒。

然而我終於彷徨於明暗之間，我不知道是黃昏還是黎明。我姑且舉灰黑的手裝作喝乾一杯酒，我將在不知道時候的時候獨自遠行。

嗚呼嗚呼，倘若黃昏，黑夜自然會來沉沒我，否則我要被白天消失，如果現是黎明。

朋友，時候近了。

我將向黑暗裡彷徨於無地。

你還想我的贈品。我能獻你什麼呢？無已，則仍是黑暗和虛空而已。但是，我願意只是黑暗，或者會消失於你的白天；我願意只是虛空，決不佔你的心地。

我願意這樣，朋友——

我獨自遠行，不但沒有你，並且再沒有別的影在黑暗裡。只有我被黑暗沉沒，那世界全屬於我自己。

一九二四年九月二十四日。

求乞者

我順著剝落的高牆走路，踏著鬆的灰土。另外有幾個人，各自走路。微風起來，露在牆頭的高樹的枝條帶著還未乾枯的葉子在我頭上搖動。

微風起來，四面都是灰土。

一個孩子向我求乞，也穿著夾衣，也不見得悲戚，而攔著磕頭，追著哀呼。

我厭惡他的聲調，態度。我憎惡他並不悲哀，近於兒戲；我煩厭他這追著哀呼。

我走路。另外有幾個人各自走路。微風起來，四面都是灰土。

一個孩子向我求乞，也穿著夾衣，也不見得悲戚，但是啞的，攤開手，裝著手勢。

我就憎惡他這手勢。而且，他或者並不啞，這不過是一種求乞的法子。

我不布施，我無布施心，我但居布施者之上，給與煩膩，疑心，憎惡。

我順著倒敗的泥牆走路，斷磚疊在牆缺口，牆裡面沒有什麼。微風起來，送秋寒穿透我的夾衣；四面都是灰土。

我想著我將用什麼方法求乞：發聲，用怎樣聲調？裝啞，用怎樣手勢？……

另外有幾個人各自走路。

我將得不到布施，得不到布施心；我將得到自居於布施之上者的煩膩，疑心，憎惡。

我將用無所為和沉默求乞……

我至少將得到虛無。

微風起來，四面都是灰土。另外有幾個人各自走路。

灰土，灰土，……

………………………

灰土……

一九二四年九月二十四日。

我的失戀

——擬古的新打油詩

我的所愛在山腰；
想去尋她山太高，
低頭無法淚沾袍。
愛人贈我百蝶巾；
回她什麼：貓頭鷹。
從此翻臉不理我，
不知何故兮使我心驚。

我的所愛在鬧市；
想去尋她人擁擠，
仰頭無法淚沾耳。
愛人贈我雙燕圖；
回她什麼：冰糖壺盧。
從此翻臉不理我，
不知何故兮使我糊塗。

我的所愛在河濱；
想去尋她河水深，
歪頭無法淚沾襟。
愛人贈我金錶索；
回她什麼：發汗藥。
從此翻臉不理我，
不知何故兮使我神經衰弱。

我的所愛在豪家；
想去尋她兮沒有汽車，
搖頭無法淚如痲。
愛人贈我玫瑰花；
回她什麼：赤練蛇。
從此翻臉不理我，
不知何故兮——由她去罷。

一九二四年十月三日。

復仇

人的皮膚之厚，大概不到半分，鮮紅的熱血，就循著那後面，在比密密層層地爬在牆壁上的槐蠶更其密的血管裡奔流，散出溫熱。於是各以這溫熱互相蠱惑，煽動，牽引，拚命地希求偎倚，接吻，擁抱，以得生命的沉酣的大歡喜。

但倘若用一柄尖銳的利刃，只一擊，穿透這桃紅色的，菲薄的皮膚，將見那鮮紅的熱血激箭似的以所有溫熱直接灌溉殺戮者；其次，則給以冰冷的呼吸，示以淡白的嘴唇，使之人性茫然，得到生命的飛揚的極致的大歡喜；而其自身，則永遠沉浸於生命的飛揚的極致的大歡喜中。

這樣，所以，有他們倆裸著全身，捏著利刃，對立於廣漠的曠野之上。

他們倆將要擁抱，將要殺戮……

路人們從四面奔來，密密層層地，如槐蠶爬上牆壁，如螞蟻要扛鯗頭。衣服都漂亮，手倒空的。然而從四面奔來，而且拚命地伸長脖子，要賞鑑這擁抱或殺戮。他們已經豫覺著事後的自己的舌上的汗或血的鮮味。

然而他們倆對立著，在廣漠的曠野之上，裸著全身，捏著利刃，然而也不擁抱，也不殺戮，而且也不見有擁抱或殺戮之意。

他們倆這樣地至於永久，圓活的身體，已將乾枯，然而毫不見有擁抱或殺戮之意。

路人們於是乎無聊；覺得有無聊鑽進他們的毛孔，覺得有無聊從他們自己的心中由毛孔鑽出，爬滿曠野，又鑽進別人的毛孔中。他們於是覺得喉舌乾燥，脖子也乏了；終至於面面相覷，慢慢走散；甚而至於居然覺得乾枯到失了生趣。

於是只剩下廣漠的曠野，而他們倆在其間裸著全身，捏著利刃，乾枯地立著；以死人似的眼光，賞鑑這路人們的乾枯，無血的大戮，而永遠沉浸於生命的飛揚的極致的大歡喜中。

一九二四年十二月二十日。

復仇（其二）

因為他自以為神之子，以色列的王，所以去釘十字架。

兵丁們給他穿上紫袍，戴上荊冠，慶賀他；又拿一根葦子打他的頭，吐他，屈膝拜他；戲弄完了，就給他脫了紫袍，仍穿他自己的衣服。

看哪，他們打他的頭，吐他，拜他……

他不肯喝那用沒藥調和的酒，要分明地玩味以色列人怎樣對付他們的神之子，而且較永久地悲憫他們的前途，然而仇恨他們的現在。

四面都是敵意，可悲憫的，可咒詛的。

丁丁地響，釘尖從掌心穿透，他們要釘殺他們的神之子了，可憫的人們呵，使他痛得柔和。丁丁地響，釘尖從腳背穿透，釘碎了一塊骨，痛楚也透到心髓中，然而他們自己釘殺著他們的神之子了，可咒詛的人們呵，這使他痛得舒服。

十字架豎起來了；他懸在虛空中。

他沒有喝那用沒藥調和的酒，要分明地玩味以色列人怎樣對付他們的神之子，而且較永久地悲憫他們的前途，然而仇恨他們的現在。

路人都辱罵他，祭司長和文士也戲弄他，和他同釘的兩個強盜也譏誚他。

看哪，和他同釘的……

四面都是敵意，可悲憫的，可咒詛的。

他在手足的痛楚中，玩味著可憫的人們的釘殺神之子的悲哀和可咒詛的人們要釘殺神之子，而神之子就要被釘殺了的歡喜。突然間，碎骨的大痛楚透到心髓了，他即沉酣於大歡喜和大悲憫中。

他腹部波動了，悲憫和咒詛的痛楚的波。

遍地都黑暗了。

"以羅伊，以羅伊，拉馬撒巴各大尼？！"（翻出來，就是：我的上帝，你為什麼離棄我？！）

上帝離棄了他，他終於還是一個"人之子"；然而以色列人連"人之子"都釘殺了。

釘殺了"人之子"的人們的身上，比釘殺了"神之子"的尤其血污，血腥。

一九二四年十二月二十日。

希望

我的心分外地寂寞。

然而我的心很平安：沒有愛憎，沒有哀樂，也沒有顏色和聲音。

我大概老了。我的頭髮已經蒼白，不是很明白的事麼？我的手顫抖著，不是很明白的事麼？那麼，我的魂靈的手一定也顫抖著，頭髮也一定蒼白了。

然而這是許多年前的事了。

這以前，我的心也曾充滿過血腥的歌聲：血和鐵，火焰和毒，恢復和報仇。而忽而這些都空虛了，但有時故意地填以沒奈何的自欺的希望。希望，希望，用這希望的盾，抗拒那空虛中的暗夜的襲來，雖然盾後面也依然是空虛中的暗夜。然而就是如此，陸續地耗盡了我的青春。

我早先豈不知我的青春已經逝去了？但以為身外的青春固在：星，月光，僵墜的胡蝶，暗中的花，貓頭鷹的不祥之言，杜鵑的啼血，笑的渺茫，愛的翔舞……。雖然是悲涼漂渺的青春罷，然而究竟是青春。

然而現在何以如此寂寞？難道連身外的青春也都逝去，世上的青年也多衰老了麼？

我只得由我來肉薄這空虛中的暗夜了。我放下了希望之盾，我聽到 Petőfi Sándor（1823-49）的“希望”之歌：

希望是什麼？是娼妓：
她對誰都蠱惑，將一切都獻給；
待你犧牲了極多的寶貝——
你的青春——她就棄掉你。

這偉大的抒情詩人，匈牙利的愛國者，為了祖國而死在可薩克兵的矛尖上，已經七十五年了。悲哉死也，然而更可悲的是他的詩至今沒有死。

但是，可慘的人生！桀驁英勇如 Petőfi，也終於對了暗夜止步，回顧著茫茫的東方了。他說：

絕望之為虛妄，正與希望相同。

倘使我還得偷生在不明不暗的這“虛妄”中，我就還要尋求那逝去的悲涼漂渺的青春，但不妨在我的身外。因為身外的青春倘一消滅，我身中的遲暮也即凋零了。

然而現在沒有星和月光，沒有僵墜的胡蝶以至笑的渺茫，愛的翔舞。然而青年們很平安。

我只得由我來肉薄這空虛中的暗夜了，縱使尋不到身外的青春，也總得自己來一擲我身中的遲暮。但暗夜又在哪裡呢？現在沒有星，沒有月光以至笑的渺茫和愛的翔舞；青年們很平安，而我的面前又竟至於並且沒有真的暗夜。

絕望之為虛妄，正與希望相同！

一九二五年一月一日。

雪

暖國的雨，向來沒有變過冰冷的堅硬的燦爛的雪花。博識的人們覺得他單調，他自己也以為不幸否耶？江南的雪，可是滋潤美豔之至了；那是還在隱約著的青春的消息，是極壯健的處子的皮膚。雪野中有血紅的寶珠山茶，白中隱青的單瓣梅花，深黃的磬口的蠟梅花；雪下面還有冷綠的雜草。胡蝶確乎沒有；蜜蜂是否來採山茶花和梅花的蜜；我可記不真切了。但我的眼前彷彿看見冬花開在雪野中，有許多蜜蜂們忙碌地飛著，也聽得他們嗡嗡地鬧著。

孩子們呵著凍得通紅，像紫芽薑一般的小手，七八個一齊來塑雪羅漢。因為不成功，誰的父親也來幫忙了。羅漢就塑得比孩子們高得多，雖然不過是上小下大的一堆，終於分不清是壺盧還是羅漢；然而很潔白，很明豔，以自身的滋潤相黏結，整個地閃閃地生光。孩子們用龍眼核給他做眼珠，又從誰的母親的脂粉奩中偷得胭脂來塗在嘴唇上。這回確是一個大阿羅漢了。他也就目光灼灼地嘴唇通紅地坐在雪地裡。

第二天還有幾個孩子來訪問他；對了他拍手，點頭，嘻笑。但他終於獨自坐著了。晴天又來消釋他的皮膚，寒夜又使他結一層冰，化作不透明的水晶模樣，連續的晴天又使他成為不知道算什麼，而嘴上的胭脂也褪盡了。

但是，朔方的雪花在紛飛之後，卻永遠如粉，如沙，他們決不黏連，撒在屋上，地上，枯草上，就是這樣。屋上的雪是早已就有消化了的，因為屋裡居人的火的溫熱。別的，在晴天之下，旋風忽來，便蓬勃地奮飛，在日光中燦燦地生光，如包藏火焰的大霧，旋轉而且升騰，瀰漫太空，使太空旋轉而且升騰地閃爍。

在無邊的曠野上，在凜冽的天宇下，閃閃地旋轉升騰著的是雨的精魂……

是的，那是孤獨的雪，是死掉的雨，是雨的精魂。

一九二五年一月十八日。

風箏

北京的冬季，地上還有積雪，灰黑色的禿樹枝丫叉於晴朗的天空中，而遠處有一二風箏浮動，在我是一種驚異和悲哀。

故鄉的風箏時節，是春二月，倘聽到沙沙的風輪聲，仰頭便能看見一個淡墨色的蟹風箏或嫩藍色的蜈蚣風箏。還有寂寞的瓦片風箏，沒有風輪，又放得很低，伶仃地顯出憔悴可憐模樣。但此時地上的楊柳已經發芽，早的山桃也多吐蕾，和孩子們的天上的點綴相照應，打成一片春日的溫和。我現在在哪裡呢？四面都還是嚴冬的肅殺，而久經訣別的故鄉的久經逝去的春天，卻就在這天空中蕩漾了。

但我是向來不愛放風箏的，不但不愛，並且嫌惡他，因為我以為這是沒出息孩子所做的玩藝。和我相反的是我的小兄弟，他那時大概十歲內外罷，多病，瘦得不堪，然而最喜歡風箏，自己買不起，我又不許放，他只得張著小嘴，呆看著空中出神，有時至於小半日。遠處的蟹風箏突然落下來了，他驚呼；兩個瓦片風箏的纏繞解開了，他高興得跳躍。他的這些，在我看來都是笑柄，可鄙的。

有一天，我忽然想起，似乎多日不很看見他了，但記得曾見他在後園拾枯竹。我恍然大悟似的，便跑向少有人去的一間堆積雜物的小屋去，推開門，果然就在塵封的什物堆中發現了他。他向著大方凳，坐在小凳上；便很驚惶地站了起來，失了色瑟縮著。大方凳旁靠著一個胡蝶風箏的竹骨，還沒有糊上紙，凳上是一對做眼睛用的小風輪，正用紅紙條裝飾著，將要完工了。我在破獲秘密的滿足中，又很憤怒他的瞞了我的眼睛，這樣苦心孤詣地來偷做沒出息孩子的玩藝。我即刻伸手折斷了胡蝶的一支翅骨，又將風輪擲在地下，踏扁了。論長幼，論力氣，他是都敵不過我的，我當然得到完全的勝利，於是傲然走出，留他絕望地站在小屋裡。後來他怎樣，我不知道，也沒有留心。

然而我的懲罰終於輪到了，在我們離別得很久之後，我已經是中年。我不幸偶而看了一本外國的講論兒童的書，才知道遊戲是兒童最正當的行為，玩具是兒童的天使。於是二十年來毫不憶及的幼小時候對於精神的虐殺的這一幕，忽地在眼前展開，而我的心也彷彿同時變了鉛塊，很重很重的墮下去了。

但心又不竟墮下去而至於斷絕，他只是很重很重地墮著，墮著。

我也知道補過的方法的：送他風箏，贊成他放，勸他放，我和他一同放。我們嚷著，跑著，笑著。—— 然而他其時已經和我一樣，早已有了鬍子了。

我也知道還有一個補過的方法的：去討他的寬恕，等他說，“我可是毫不怪你呵”。那麼，我的心一定就輕鬆了，這確是一個可行的方法。有一回，我們會面的時候，是臉上都已添刻了許多“生”的辛苦的條紋，而我的心很沉重。我們漸漸談起兒時的舊事來，我便敘述到這一節，自說少年時代的糊塗。“我可是毫不怪你呵。”我想，他要說了，我即刻便受了寬恕，我的心從此也寬鬆了罷。

“有過這樣的事麼？”他驚異地笑著說，就像旁聽著別人的故事一樣。他什麼也不記得了。

全然忘卻，毫無怨恨，又有什麼寬恕之可言呢？無怨的恕，說謊罷了。

我還能希求什麼呢？我的心只得沉重著。

現在，故鄉的春天又在這異地的空中了，既給我久經逝去的兒時的回憶，而一併也帶著無可把握的悲哀。我倒不如躲到肅殺的嚴冬中去罷，——但是，四面又明明是嚴冬，正給我非常的寒威和冷氣。

一九二五年一月二十四日。

好的故事

燈火漸漸地縮小了，在預告石油的已經不多；石油又不是老牌，早熏得燈罩很昏暗。鞭爆的繁響在四近，煙草的煙霧在身邊：是昏沉的夜。

我閉了眼睛，向後一仰，靠在椅背上；捏著《初學記》的手擱在膝髁上。

我在朦朧中，看見一個好的故事。

這故事很美麗，幽雅，有趣。許多美的人和美的事，錯綜起來像一天雲錦，而且萬顆奔星似的飛動著，同時又展開去，以至於無窮。

我彷彿記得曾坐小船經過山陰道，兩岸邊的烏桕，新禾，野花，雞，狗，叢樹和枯樹，茅屋，塔，伽藍，農夫和村婦，村女，曬著的衣裳，和尚，蓑笠，天，雲，竹，……都倒影在澄碧的小河中，隨著每一打槳，各各夾帶了閃爍的日光，並水裡的萍藻游魚，一同蕩漾。諸影諸物，無不解散，而且搖動，擴大，互相融和；剛一融和，卻又退縮，復近於原形。邊緣都參差如夏雲頭，鑲著日光，發出水銀色焰。凡是我所經過的河，都是如此。

現在我所見的故事也如此。水中的青天的底子，一切事物統在上面交錯，織成一篇，永是生動，永是展開，我看不見這一篇的結束。

河邊枯柳樹下的幾株瘦削的一丈紅，該是村女種的罷。大紅花和斑紅花，都在水裡面浮動，忽而碎散，拉長了，如縷縷的胭脂水，然而沒有暈。茅屋，狗，塔，村女，雲，……也都浮動著。大紅花一朵朵全被拉長了，這時是潑剌奔迸的紅錦帶。帶織入狗中，狗織入白雲中，白雲織入村女中……。在一瞬間，他們又將退縮了。但斑紅花影也已碎散，伸長，就要織進塔，村女，狗，茅屋，雲裡去。

現在我所見的故事清楚起來了，美麗，幽雅，有趣，而且分明。青天上面，有無數美的人和美的故事，我一一看見，一一知道。

我就要凝視他們……。

我正要凝視他們時，驟然一驚，睜開眼，雲錦也已皺蹙，凌亂，彷彿有誰擲一塊大石下河水中，水波陡然起立，將整篇的影子撕成片片了。我無意識地趕忙捏住幾乎墜地的《初學記》，眼前還剩著幾點虹霓色的碎影。

我真愛這一篇好的故事，趁碎影還在，我要追回他，完成他，留下他。我拋了書，欠身伸手去取筆，——何嘗有一絲碎影，只見昏暗的燈光，我不在小船裡了。

但我總記得見過這一篇好的故事，在昏沉的夜……。

一九二五年二月二十四日。

過客

時：

或一日的黃昏。

地：

或一處。

人：

老翁——約七十歲，白鬚髮，黑長袍。

女孩——約十歲，紫髮，烏眼珠，白地黑方格長衫。

過客——約三四十歲，狀態困頓倔強，眼光陰沉，黑鬚，亂髮，黑色短衣褲皆破碎，赤足著破鞋，脇下掛一個口袋，支著等身的竹杖。

東，是幾株雜樹和瓦礫；西，是荒涼破敗的叢葬；其間有一條似路非路的痕跡。一間小土屋向這痕跡開著一扇門；門側有一段枯樹根。

（女孩正要將坐在樹根上的老翁攙起。）

翁——孩子。喂，孩子！怎麼不動了呢？

孩——（向東望著，）有誰走來了，看一看罷。

翁——不用看他。扶我進去罷。太陽要下去了。

孩——我，——看一看。

翁——唉，你這孩子！天天看見天，看見土，看見風，還不夠好看麼？什麼也不比這些好看。你偏是要看誰。太陽下去時候出現的東西，不會給你什麼好處的。……還是進去罷。

孩——可是，已經近來了。阿阿，是一個乞丐。

翁——乞丐？不見得罷。

（過客從東面的雜樹間蹌踉走出，暫時躊躕之後，慢慢地走近老翁去。）

客——老丈，你晚上好？

翁——阿，好！託福。你好？

客——老丈，我實在冒昧，我想在你那裡討一杯水喝。我走得渴極了。這地方又沒有一個池塘，一個水窪。

翁——唔，可以可以。你請坐罷。（向女孩，）孩子，你拿水來，杯子要洗乾淨。

（女孩默默地走進土屋去。）

翁——客官，你請坐。你是怎麼稱呼的。

客——稱呼？——我不知道。從我還能記得的時候起，我就只一個人。我不知道我本來叫什麼。我一路走，有時人們也隨便稱呼我，各式各樣地，我也記不清楚了，況且相同的稱呼也沒有聽到過第二回。

翁——阿阿。那麼，你是從哪裡來的呢？

客——（略略遲疑，）我不知道。從我還能記得的時候起，我就在這麼走。

翁——對了。那麼，我可以問你到哪裡去麼？

客——自然可以。——但是，我不知道。從我還能記得的時候起，我就在這麼走，要走到一個地方去，這地方就在前面。我單記得走了許多路，現在來到這裡了。我接著就要走向那邊去，（西指，）前面！

（女孩小心地捧出一個木杯來，遞去。）

客——（接杯，）多謝。姑娘。（將水兩口喝盡，還杯，）多謝，姑娘。這真是少有的好意。我真不知道應該怎樣感激！

翁——不要這麼感激。這於你是沒有好處的。

客——是的，這於我沒有好處。可是我現在很恢復了些力氣了。我就要前去。老丈，你大約是久住在這裡的，你可知道前面是怎麼一個所在麼？

翁——前面？前面，是墳。

客——（詫異地，）墳？

孩——不，不，不的。那裡有許多許多野百合，野薔薇，我常常去玩，去看他們的。

客——（西顧，彷彿微笑，）不錯。那些地方有許多許多野百合，野薔薇，我也常常去玩過，去看過的。但是，那是墳。（向老翁，）老丈，走完了那墳地之後呢？

翁——走完之後？那我可不知道。我沒有走過。

客——不知道？！

孩——我也不知道。

翁——我單知道南邊；北邊；東邊，你的來路。那是我最熟悉的地方，也許倒是於你們最好的地方。你莫怪我多嘴，據我看來，你已經這麼勞頓了，還不如回轉去，因為你前去也料不定可能走完。

客——料不定可能走完？……（沉思，忽然驚起，）那不行！我只得走。回到那裡去，就沒一處沒有名目，沒一處沒有地主，沒一處沒有驅逐和牢籠，沒一處沒有皮面的笑容，沒一處沒有眶外的眼淚。我憎惡他們，我不回轉去！

翁——那也不然。你也會遇見心底的眼淚，為你的悲哀。

客——不。我不願看見他們心底的眼淚，不要他們為我的悲哀！

翁——那麼，你，（搖頭，）你只得走了。

客——是的，我只得走了。況且還有聲音常在前面催促我，叫喚我，使我息不下。可恨的是我的腳早經走破了，有許多傷，流了許多血。（舉起一足給老人看，）因此，我的血不夠了；我要喝些血。但血在哪裡呢？可是我也不願意喝無論誰的血。我只得喝些水，來補充我的血。一路上總有水，我倒也並不感到什麼不足。只是我的力氣太稀薄了，血裡面太多了水的緣故罷。今天連一個小水窪也遇不到，也就是少走了路的緣故罷。

翁——那也未必。太陽下去了，我想，還不如休息一會的好罷，像我似的。

客——但是，那前面的聲音叫我走。

翁——我知道。

客——你知道？你知道那聲音麼？

翁——是的。他似乎曾經也叫過我。

客——那也就是現在叫我的聲音麼？

翁——那我可不知道。他也就是叫過幾聲，我不理他，他也就不叫了，我也就記不清楚了。

客——唉唉，不理他……。（沉思，忽然吃驚，傾聽著，）不行！我還是走的好。我息不下。可恨我的腳早經走破了。（準備走路。）

孩——給你！（遞給一片布，）裹上你的傷去。

客——多謝，（接取，）姑娘。這真是……。這真是極少有的好意。這能使我可以走更多的路。（就斷磚坐下，要將布纏在踝上，）但是，不行！（竭力站起，）姑娘，還了你罷，還是裹不下。況且這太多的好意，我沒法感激。

翁——你不要這麼感激，這於你沒有好處。

客——是的，這於我沒有什麼好處。但在我，這布施是最上的東西了。你看，我全身上可有這樣的。

翁——你不要當真就是。

客——是的。但是我不能。我怕我會這樣：倘使我得到了誰的布施，我就要像兀鷹看見死屍一樣，在四近徘徊，祝願她的滅亡，給我親自看見；或者咒詛她以外的一切全都滅亡，連我自己，因為我就應該得到咒詛。但是我還沒有這樣的力量；即使有這力量，我也不願意她有這樣的境遇，因為她們大概總不願意有這樣的境遇。我想，這最穩當。（向女孩，）姑娘，你這布片太好，可是太小一點了，還了你罷。

孩——（驚懼，退後，）我不要了！你帶走！

客——（似笑，）哦哦，……因為我拿過了？

孩——（點頭，指口袋，）你裝在那裡，去玩玩。

客——（頹唐地退後，）但這背在身上，怎麼走呢？……

翁——你息不下，也就背不動。——休息一會，就沒有什麼了。

客——對咧，休息……。（默想，但忽然驚醒，傾聽。）不，我不能！我還是走好。

翁——你總不願意休息麼？

客——我願意休息。

翁——那麼，你就休息一會罷。

客——但是，我不能……。

翁——你總還是覺得走好麼？

客——是的。還是走好。

翁——那麼，你也還是走好罷。

客——（將腰一伸，）好，我告別了。我很感謝你們。(向著女孩，)姑娘，這還你，請你收回去。

(女孩驚懼，斂手，要躲進土屋裡去。)

翁——你帶去罷。要是太重了，可以隨時拋在墳地裡面的。

孩——(走向前，)阿阿，那不行！

客——阿阿，那不行的。

翁——那麼，你掛在野百合野薔薇上就是了。

孩——(拍手，)哈哈！好！

翁——哦哦……。

(極暫時中，沉默。)

翁——那麼，再見了。祝你平安。(站起，向女孩，)孩子，扶我進去罷。你看，太陽早已下去了。(轉身向門。)

客——多謝你們。祝你們平安。(徘徊，沉思，忽然吃驚，)然而我不能！我只得走。我還是走好罷……。(即刻昂了頭，奮然向西走去。)

(女孩扶老人走進土屋，隨即闔了門。過客向野地裡踉蹌地闖進去，夜色跟在他後面。)

一九二五年三月二日。

死火

我夢見自己在冰山間奔馳。

這是高大的冰山，上接冰天，天上凍雲瀰漫，片片如魚鱗模樣。山麓有冰樹林，枝葉都如松杉。一切冰冷，一切青白。

但我忽然墜在冰谷中。

上下四旁無不冰冷，青白。而一切青白冰上，卻有紅影無數，糾結如珊瑚網。我俯看腳下，有火焰在。

這是死火。有炎炎的形，但毫不搖動，全體冰結，像珊瑚枝；尖端還有凝固的黑煙，疑這才從火宅中出，所以枯焦。這樣，映在冰的四壁，而且互相反映，化成無量數影，使這冰谷，成紅珊瑚色。

哈哈！

當我幼小的時候，本就愛看快艦激起的浪花，洪爐噴出的烈焰。不但愛看，還想看清。可惜他們都息息變幻，永無定形。雖然凝視又凝視，總不留下怎樣一定的跡象。

死的火焰，現在先得到了你了！

我拾起死火，正要細看，那冷氣已使我的指頭焦灼；但是，我還熬著，將他塞入衣袋中間。冰谷四面，登時完全青白。我一面思索著走出冰谷的法子。

我的身上噴出一縷黑煙，上升如鐵線蛇。冰谷四面，又登時滿有紅焰流動，如大火聚，將我包圍。我低頭一看，死火已經燃燒，燒穿了我的衣袋[1]，流在冰地上了。

"唉，朋友！你用了你的溫熱，將我驚醒了。"他說。

我連忙和他招呼，問他名姓。

"我原先被人遺棄在冰谷中，"他答非所問地說，"遺棄我的早已滅亡，消盡了。我也被冰凍凍得要死。倘使你不給我溫熱，使我重行燒起，我不久就須滅亡"。

"你的醒來，使我歡喜。我正在想著走出冰谷的方法；我願意攜帶你去，使你永不冰結，永得燃燒。"

"唉唉！那麼，我將燒完！"

"你的燒完，使我惋惜。我便將你留下，仍在這裡罷。”

“唉唉！那麼，我將凍滅了！”

“那麼，怎麼辦呢？”

“但你自己，又怎麼辦呢？”他反而問。

“我說過了：我要出這冰谷……。”

“那我就不如燒完！”

他忽而躍起，如紅彗星，並我都出冰谷口外。有大石車突然馳來，我終於碾死在車輪底下，但我還來得及看見那車就墜入冰谷中。

“哈哈！你們是再也遇不著死火了！”我得意地笑著說，彷彿就願意這樣似的。

一九二五年四月二十三日。

注釋

1　原文作“衣裳”，但見上段一句：“我還熬著，將他塞入衣袋中間。”可見“衣裳”應為“衣袋”。見龔明德：〈魯迅《野草》文本勘訂四例〉（《中華讀書報》，2015 年 11 月 11 日），頁 14。

狗的駁詰

我夢見自己在隘巷中行走，衣履破碎，像乞食者。

一條狗在背後叫起來了。

我傲慢地回顧，叱咤說：

“呔！住口！你這勢利的狗！”

“嘻嘻！”他笑了，還接著說，“不敢，愧不如人呢”。

“什麼！？”我氣憤了，覺得這是一個極端的侮辱。

“我慚愧：我終於還不知道分別銅和銀；還不知道分別布和綢；還不知道分別官和民；還不知道分別主和奴；還不知道……”

我逃走了。

“且慢！我們再談談……”他在後面大聲挽留。

我一徑逃走，盡力地走，直到逃出夢境，躺在自己的床上。

一九二五年四月二十三日。

失掉的好地獄

我夢見自己躺在床上，在荒寒的野外，地獄的旁邊。一切鬼魂們的叫喚無不低微，然有秩序，與火焰的怒吼，油的沸騰，鋼叉的震顫相和鳴，造成醉心的大樂，布告三界：地下太平。

有一偉大的男子站在我面前，美麗，慈悲，遍身有大光輝，然而我知道他是魔鬼。

"一切都已完結，一切都已完結！可憐的鬼魂們將那好的地獄失掉了！" 他悲憤地說，於是坐下，講給我一個他所知道的故事——

"天地作蜂蜜色的時候，就是魔鬼戰勝天神，掌握了主宰一切的大威權的時候。他收得天國，收得人間，也收得地獄。他於是親臨地獄，坐在中央，遍身發大光輝，照見一切鬼眾。

"地獄原已廢弛得很久了：劍樹消卻光芒；沸油的邊際早不騰湧；大火聚有時不過冒些青煙，遠處還萌生曼陀羅花，花極細小，慘白可憐。——那是不足為奇的，因為地土[1]曾經大被焚燒，自然失了他的肥沃。

“鬼魂們在冷油溫火裡醒來，從魔鬼的光輝中看見地獄小花，慘白可憐，被大蠱惑，倏忽間記起人世，默想至不知幾多年，遂同時向著人間，發一聲反獄的絕叫。

“人類便應聲而起，仗義執言，與魔鬼戰鬥。戰聲遍滿三界，遠過雷霆。終於運大謀略，布大網羅，使魔鬼並且不得不從地獄出走。最後的勝利，是地獄門上也豎了人類的旌旗！

“當鬼魂們一齊歡呼時，人類的整飭地獄使者已臨地獄，坐在中央，用了人類的威嚴，叱咤一切鬼眾。

“當鬼魂們又發一聲反獄的絕叫時，即已成為人類的叛徒，得到永劫沉淪的罰，遷入劍樹林的中央。

“人類於是完全掌握了主宰地獄的大威權，那威稜且在魔鬼以上。人類於是整頓廢弛，先給牛首阿旁以最高的俸草；而且，添薪加火，磨礪刀山，使地獄全體改觀，一洗先前頹廢的氣象。

“曼陀羅花立即焦枯了。油一樣沸；刀一樣銛；火一樣熱；鬼眾一樣呻吟，一樣宛轉，至於都不暇記起失掉的好地獄。

“這是人類的成功，是鬼魂的不幸…… 。

“朋友，你在猜疑我了。是的，你是人！我且去尋野獸和惡鬼…… 。”

一九二五年六月十六日。

注釋

1　原文作“地上”，但當初該文初刊於《語絲》周刊時作“地土”，故推測是出版時誤植的緣故。見龔明德〈魯迅《野草》文本勘訂四例〉。

墓碣文

我夢見自己正和墓碣對立，讀著上面的刻辭。那墓碣似是沙石所製，剝落很多，又有苔蘚叢生，僅存有限的文句——

……於浩歌狂熱之際中寒；於天上看見深淵。於一切眼中看見無所有；於無所希望中得救。……

……有一遊魂，化為長蛇，口有毒牙。不以嚙人，自嚙其身，終以殞顛。……

……離開！……

我繞到碣後，才見孤墳，上無草木，且已頹壞。即從大闕口中，窺見死屍，胸腹俱破，中無心肝。而臉上卻絕不顯哀樂之狀，但蒙蒙如煙然。

我在疑懼中不及回身，然而已看見墓碣陰面的殘存的文句——

……抉心自食，欲知本味。創痛酷烈，本味何能知？……

……痛定之後，徐徐食之。然其心已陳舊，本味又何由知？……

……答我。否則，離開！……

我就要離開。而死屍已在墳中坐起，口唇不動，然而說——

“待我成塵時，你將見我的微笑！”

我疾走，不敢反顧，生怕看見他的追隨。

一九二五年六月十七日。

頹敗線的顫動

我夢見自己在做夢。自身不知所在，眼前卻有一間在深夜中緊閉的小屋的內部，但也看見屋上瓦松的茂密的森林。

板桌上的燈罩是新拭的，照得屋子裡分外明亮。在光明中，在破榻上，在初不相識的披毛的強悍的肉塊底下，有瘦弱渺小的身軀，為飢餓，苦痛，驚異，羞辱，歡欣而顫動。弛緩，然而尚且豐腴的皮膚光潤了；青白的兩頰泛出輕紅，如鉛上塗了胭脂水。

燈火也因驚懼而縮小了，東方已經發白。

然而空中還瀰漫地搖動著飢餓，苦痛，驚異，羞辱，歡欣的波濤……。

"媽！"約略兩歲的女孩被門的開闔聲驚醒，在草蓆圍著的屋角的地上叫起來了。

"還早哩，再睡一會罷！"她驚惶地說。

"媽！我餓，肚子痛。我們今天能有什麼吃的？"

“我們今天有吃的了。等一會有賣燒餅的來，媽就買給你。” 她欣慰地更加緊捏著掌中的小銀片，低微的聲音悲涼地發抖，走近屋角去一看她的女兒，移開草薦，抱起來放在破榻上。

“還早哩，再睡一會罷。” 她說著，同時抬起眼睛，無可告訴地一看破舊的屋頂以上的天空。

空中突然另起了一個很大的波濤，和先前的相撞擊，迴旋而成漩渦，將一切並我盡行淹沒，口鼻都不能呼吸。

我呻吟著醒來，窗外滿是如銀的月色，離天明還很遼遠似的。

我自身不知所在，眼前卻有一間在深夜中緊閉的小屋的內部，我自己知道是在續著殘夢。可是夢的年代隔了許多年了。屋的內外已經這樣整齊；裡面是青年的夫妻，一群小孩子，都怨恨鄙夷地對著一個垂老的女人。

“我們沒有臉見人，就只因為你，” 男人氣忿地說。“你還以為養大了她，其實正是害苦了她，倒不如小時候餓死的好！”

“使我委屈一世的就是你！” 女的說。

“還要帶累了我！”男的說。

“還要帶累他們哩！”女的說，指著孩子們。

最小的一個正玩著一片乾蘆葉，這時便向空中一揮，彷彿一柄鋼刀，大聲說道：

“殺！”

那垂老的女人口角正在痙攣，登時一怔，接著便都平靜，不多時候，她冷靜地，骨立的石像似的站起來了。她開開板門，邁步在深夜中走出，遺棄了背後一切的冷罵和毒笑。

她在深夜中盡走，一直走到無邊的荒野；四面都是荒野，頭上只有高天，並無一個蟲鳥飛過。她赤身露體地，石像似的站在荒野的中央，於一剎那間照見過往的一切：飢餓，苦痛，驚異，羞辱，歡欣，於是發抖；害苦，委屈，帶累，於是痙攣；殺，於是平靜。……又於一剎那間將一切併合：眷念與決絕，愛撫與復仇，養育與殲除，祝福與咒詛……。她於是舉兩手盡量向天，口唇間漏出神與獸[1]的，非人間所有，所以無詞的言語。

當她說出無詞的言語時，她那偉大如石像，然而已經荒廢的，頹敗的身軀的全面都顫動了。這顫動點點如魚鱗，每一鱗都起伏如沸水在烈火上；空中也即刻一同振顫，彷彿暴風雨中的荒海的波濤。

她於是抬起眼睛向著天空，並無詞的言語也沉默盡絕，惟有顫動，輻射若太陽光，使空中的波濤立刻迴旋，如遭颶風，洶湧奔騰於無邊的荒野。

我夢魘了，自己卻知道是因為將手擱在胸脯上了的緣故；我夢中還用盡平生之力，要將這十分沉重的手移開。

一九二五年六月二十九日。

注釋

1 《野草》初版本作“人與獸”，但早於《語絲》發表時作“神與獸”，亦是出版時誤植的緣故。見龔明德：〈魯迅《野草》文本勘訂四例〉。

立論

我夢見自己正在小學校的講堂上預備作文，向老師請教立論的方法。

“難！” 老師從眼鏡圈外斜射出眼光來，看著我，說。“我告訴你一件事——

“一家人家生了一個男孩，闔家高興透頂了。滿月的時候，抱出來給客人看，——大概自然是想得一點好兆頭。

“一個說：‘這孩子將來要發財的。’ 他於是得到一番感謝。

“一個說：‘這孩子將來要做官的。’ 他於是收回幾句恭維。

“一個說：‘這孩子將來是要死的。’ 他於是得到一頓大家合力的痛打。

“說要死的必然，說富貴的許謊。但說謊的得好報，說必然的遭打。你……”

“我願意既不謊人，也不遭打。那麼，老師，我得怎麼說呢？”

“那麼，你得說：‘啊呀！這孩子呵！您瞧！多麼……。阿唷！哈哈！Hehe！he, he he he he。’”

一九二五年七月八日。

死後

我夢見自己死在道路上。

這是哪裡，我怎麼到這裡來，怎麼死的，這些事我全不明白。總之，待到我自己知道已經死掉的時候，就已經死在那裡了。

聽到幾聲喜鵲叫，接著是一陣烏老鴉。空氣很清爽，——雖然也帶些土氣息，——大約正當黎明時候罷。我想睜開眼睛來，他卻絲毫也不動，簡直不像是我的眼睛；於是想抬手，也一樣。

恐怖的利鏃忽然穿透我的心了。在我生存時，曾經玩笑地設想：假使一個人的死亡，只是運動神經的廢滅，而知覺還在，那就比全死了更可怕。誰知道我的預想竟的中了，我自己就在證實這預想。

聽到腳步聲，走路的罷。一輛獨輪車從我的頭邊推過，大約是重載的，軋軋地叫得人心煩，還有些牙齒齼。很覺得滿眼緋紅，一定是太陽上來了。那麼，我的臉是朝東的。但那都沒有什麼關係。切切嚓嚓的人聲，看熱鬧的。他們踹起黃土來，飛進我的鼻孔，使我想打噴嚏了，但終於沒有打，僅有想打的心。

陸陸續續地又是腳步聲，都到近旁就停下，還有更多的低語聲：看的人多起來了。我忽然很想聽聽他們的議論。但同時想，我生存時說的什麼批評不值一笑的話，大概是違心之論罷：才死，就露了破綻了。然而還是聽；然而畢竟得不到結論，歸納起來不過是這樣——

"死了？……"

"嗡。——這……"

"哼！……"

"嘖。……唉！……"

我十分高興，因為始終沒有聽到一個熟識的聲音。否則，或者害得他們傷心；或則要使他們快意；或則要使他們加添些飯後閒談的材料，多破費寶貴的工夫；這都會使我很抱歉。現在誰也看不見，就是誰也不受影響。好了，總算對得起人了！

但是，大約是一個螞蟻，在我的脊樑上爬著，癢癢的。我一點也不能動，已經沒有除去他的能力了；倘在平時，只將身子一扭，就能使他退避。而且，大腿上又爬著一個哩！你們是做什麼的？

蟲豸!?

事情可更壞了：嗡的一聲，就有一個青蠅停在我的顴骨上，走了幾步，又一飛，開口便舐我的鼻尖。我懊惱地想：足下，我不是什麼偉人，你無須到我身上來尋做論的材料⋯⋯。但是不能說出來。他卻從鼻尖跑下，又用冷舌頭來舐我的嘴唇了，不知道可是表示親愛。還有幾個則聚在眉毛上，跨一步，我的毛根就一搖。實在使我煩厭得不堪，——不堪之至。

忽然，一陣風，一片東西從上面蓋下來，他們就一同飛開了，臨走時還說——

"惜哉！⋯⋯"

我憤怒得幾乎昏厥過去。

木材摔在地上的鈍重的聲音同著地面的震動，使我忽然清醒，前額上感著蘆蓆的條紋。但那蘆蓆就被掀去了，又立刻感到了日光的灼熱。還聽得有人說——

"怎麼要死在這裡？⋯⋯"

這聲音離我很近，他正彎著腰罷。但人應該死在哪裡呢？我先前以為人在地上雖沒有任意生存的權利，卻總有任意死掉的權利的。現在才知道並不然，也很難適合人們的公意。可惜我久沒了紙筆；即有也不能寫，而且即使寫了也沒有地方發表了。只好就這樣地拋開。

有人來抬我，也不知道是誰。聽到刀鞘聲，還有巡警在這裡罷，在我所不應該“死在這裡”的這裡。我被翻了幾個轉身，便覺得向上一舉，又往下一沉；又聽得蓋了蓋，釘著釘。但是，奇怪，只釘了兩個。難道這裡的棺材釘，是只釘兩個的麼？

我想：這回是六面碰壁，外加釘子。真是完全失敗，嗚呼哀哉了！……

“氣悶！……”我又想。

然而我其實卻比先前已經寧靜得多，雖然知不清埋了沒有。在手背上觸到草蓆的條紋，覺得這屍衾倒也不惡。只不知道是誰給我化錢的，可惜！但是，可惡，收斂的小子們！我背後的小衫的一角皺起來了，他們並不給我拉平，現在抵得我很難受。你們以為死人無知，做事就這樣地草率麼？哈哈！

我的身體似乎比活的時候要重得多，所以壓著衣皺便格外的不舒服。但我想，不久就可以習慣的；或者就要腐爛，不至於再有什麼大麻煩。此刻還不如靜靜地靜著想。

“您好？您死了麼？”

是一個頗為耳熟的聲音。睜眼看時，卻是勃古齋舊書舖的跑外的小夥計。不見約有二十多年了，倒還是那一副老樣子。我又看看六面的壁，委實太毛糙，簡直毫沒有加過一點修刮，鋸絨還是毛毿毿的。

“那不礙事，那不要緊。”他說，一面打開暗藍色布的包裹來。“這是明板《公羊傳》，嘉靖黑口本，給您送來了。您留下他罷。這是……。”

“你！”我詫異地看定他的眼睛，說，“你莫非真正糊塗了？你看我這模樣，還要看什麼明板？……”

“那可以看，那不礙事。”

我即刻閉上眼睛，因為對他很煩厭。停了一會，沒有聲息，他大約走了。但是似乎一個螞蟻又在脖子上爬起來，終於爬到臉上，只繞著眼眶轉圈子。

萬不料人的思想，是死掉之後也還會變化的。

忽而，有一種力將我的心的平安衝破；同時，許多夢也都做在眼前了。幾個朋友祝我安樂，幾個仇敵祝我滅亡。我卻總是既不安樂，也不滅亡地不上不下地生活下來，都不能副任何一面的期望。現在又影一般死掉了，連仇敵也不使知道，不肯贈給他們一點惠而不費的歡欣。……

我覺得在快意中要哭出來。這大概是我死後第一次的哭。

然而終於也沒有眼淚流下；只看見眼前彷彿有火花一閃，我於是坐了起來。

一九二五年七月十二日。

這樣的戰士

要有這樣的一種戰士——

已不是蒙昧如非洲土人而背著雪亮的毛瑟槍的；也並不疲憊如中國綠營兵而卻佩著盒子炮。他毫無乞靈於牛皮和廢鐵的甲冑；他只有自己，但拿著蠻人所用的，脫手一擲的投槍。

他走進無物之陣，所遇見的都對他一式點頭。他知道這點頭就是敵人的武器，是殺人不見血的武器，許多戰士都在此滅亡，正如炮彈一般，使猛士無所用其力。

那些頭上有各種旗幟，繡出各樣好名稱：慈善家，學者，文士，長者，青年，雅人，君子……。頭下有各樣外套，繡出各式好花樣：學問，道德，國粹，民意，邏輯，公義，東方文明……。

但他舉起了投槍。

他們都同聲立了誓來講說，他們的心都在胸膛的中央，和別的偏心的人類兩樣。他們都在胸前放著護心鏡，就為自己也深信心在胸膛中央的事作證。

但他舉起了投槍。

他微笑，偏側一擲，卻正中了他們的心窩。

一切都頹然倒地；——然而只有一件外套，其中無物。無物之物已經脫走，得了勝利，因為他這時成了戕害慈善家等類的罪人。

但他舉起了投槍。

他在無物之陣中大踏步走，再見一式的點頭，各種的旗幟，各樣的外套……。

但他舉起了投槍。

他終於在無物之陣中老衰，壽終。他終於不是戰士，但無物之物則是勝者。

在這樣的境地裡，誰也不聞戰叫：太平。

太平……。

但他舉起了投槍！

一九二五年十二月十四日。

聰明人和傻子和奴才

奴才總不過是尋人訴苦。只要這樣，也只能這樣。有一日，他遇到一個聰明人。

“先生！”他悲哀地說，眼淚聯成一線，就從眼角上直流下來。“你知道的。我所過的簡直不是人的生活。吃的是一天未必有一餐，這一餐又不過是高粱皮，連豬狗都不要吃的，尚且只有一小碗⋯⋯。”

“這實在令人同情。”聰明人也慘然說。

“可不是麼！”他高興了。“可是做工是晝夜無休息的：清早擔水晚燒飯，上午跑街夜磨麵，晴洗衣裳雨張傘，冬燒汽爐夏打扇。半夜要煨銀耳，侍候主人耍錢；頭錢從來沒分，有時還挨皮鞭⋯⋯。”

“唉唉⋯⋯。”聰明人嘆息著，眼圈有些發紅，似乎要下淚。

“先生！我這樣是敷衍不下去的。我總得另外想法子。可是什麼法子呢？⋯⋯”

“我想，你總會好起來⋯⋯。”

“是麼？但願如此。可是我對先生訴了冤苦，又得你的同情和慰安，已經舒坦得不少了。可見天理沒有滅絕……。”

但是，不幾日，他又不平起來了，仍然尋人去訴苦。

“先生！”他流著眼淚說，“你知道的。我住的簡直比豬窠還不如。主人並不將我當人；他對他的叭兒狗還要好到幾萬倍……。”

“混帳！”那人大叫起來，使他吃驚了。那人是一個傻子。

“先生，我住的只是一間破小屋，又濕，又陰，滿是臭蟲，睡下去就咬得真可以。穢氣衝著鼻子，四面又沒有一個窗……。”

“你不會要你的主人開一個窗的麼？”

“這怎麼行？……”

“那麼，你帶我去看去！”

傻子跟奴才到他屋外，動手就砸那泥牆。

“先生！你幹什麼？”他大驚地說。

“我給你打開一個窗洞來。”

“這不行！主人要罵的！”

“管他呢！”他仍然砸。

“人來呀！強盜在毀咱們的屋子了！快來呀！遲

一點可要打出窟窿來了！……”他哭嚷著，在地上團團地打滾。

一群奴才都出來了，將傻子趕走。

聽到了喊聲，慢慢地最後出來的是主人。

“有強盜要來毀咱們的屋子，我首先叫喊起來，大家一同把他趕走了。”他恭敬而得勝地說。

“你不錯。”主人這樣誇獎他。

這一天就來了許多慰問的人，聰明人也在內。

“先生。這回因為我有功，主人誇獎了我了。你先前說我總會好起來，實在是有先見之明……。”他大有希望似的高興地說。

“可不是麼……。”聰明人也代為高興似的回答他。

一九二五年十二月二十六日。

臘葉

燈下看《雁門集》，忽然翻出一片壓乾的楓葉來。

這使我記起去年的深秋。繁霜夜降，木葉多半凋零，庭前的一株小小的楓樹也變成紅色了。我曾繞樹徘徊，細看葉片的顏色，當他青蔥的時候是從沒有這麼注意的。他也並非全樹通紅，最多的是淺絳，有幾片則在緋紅地上，還帶著幾團濃綠。一片獨有一點蛀孔，鑲著烏黑的花邊，在紅，黃和綠的斑駁中，明眸似的向人凝視。我自念：這是病葉呵！便將他摘了下來，夾在剛才買到的《雁門集》裡。大概是願使這將墜的被蝕而斑斕的顏色，暫得保存，不即與群葉一同飄散罷。

但今夜他卻黃蠟似的躺在我的眼前，那眸子也不復似去年一般灼灼。假使再過幾年，舊時的顏色在我記憶中消去，怕連我也不知道他何以夾在書裡面的原因了。將墜的病葉的斑斕，似乎也只能在極短時中相對，更何況是蔥鬱的呢。看看窗外，很能耐寒的樹木也早經禿盡了；楓樹更何消說得。當深秋時，想來也許有和這去年的模樣相似的病葉的罷，但可惜我今年竟沒有賞玩秋樹的餘閒。

一九二五年十二月二十六日。

淡淡的血痕中

——記念幾個死者和生者和未生者

目前的造物主，還是一個怯弱者。

他暗暗地使天變地異，卻不敢毀滅一個這地球；暗暗地使生物衰亡，卻不敢長存一切屍體；暗暗地使人類流血，卻不敢使血色永遠鮮穠；暗暗地使人類受苦，卻不敢使人類永遠記得。

他專為他的同類——人類中的怯弱者——設想，用廢墟荒墳來襯托華屋，用時光來沖淡苦痛和血痕；日日斟出一杯微甘的苦酒，不太少，不太多，以能微醉為度，遞給人間，使飲者可以哭，可以歌，也如醒，也如醉，若有知，若無知，也欲死，也欲生。他必須使一切也欲生；他還沒有滅盡人類的勇氣。

幾片廢墟和幾個荒墳散在地上，映以淡淡的血痕，人們都在其間咀嚼著人我的渺茫的悲苦。但是不肯吐棄，以為究竟勝於空虛，各各自稱為“天之僇民”，以作咀嚼著人我的渺茫的悲苦的辯解，而且悚息著靜待新的悲苦的到來。新的，這就使他們恐懼，而又渴欲相遇。

這都是造物主的良民。他就需要這樣。

叛逆的猛士出於人間；他屹立著，洞見一切已改和現有的廢墟和荒墳，記得一切深廣和久遠的苦痛，正視一切重疊淤積的凝血，深知一切已死，方生，將生和未生。他看透了造化的把戲；他將要起來使人類蘇生，或者使人類滅盡，這些造物主的良民們。

造物主，怯弱者，羞慚了，於是伏藏。天地在猛士的眼中於是變色。

一九二六年四月八日。

一覺

飛機負了擲下炸彈的使命，像學校的上課似的，每日上午在北京城上飛行。每聽得機件搏擊空氣的聲音，我常覺到一種輕微的緊張，宛然目睹了"死"的襲來，但同時也深切地感著"生"的存在。

隱約聽到一二爆發聲以後，飛機嗡嗡地叫著，冉冉地飛去了。也許有人死傷了罷，然而天下卻似乎更顯得太平。窗外的白楊的嫩葉，在日光下發烏金光；榆葉梅也比昨日開得更爛漫。收拾了散亂滿床的日報，拂去昨夜聚在書桌上的蒼白的微塵，我的四方的小書齋，今日也依然是所謂"窗明几淨"。

因為或一種原因，我開手編校那歷來積壓在我這裡的青年作者的文稿了；我要全都給一個清理。我照作品的年月看下去，這些不肯塗脂抹粉的青年們的魂靈便依次屹立在我眼前。他們是綽約的，是純真的，——阿，然而他們苦惱了，呻吟了，憤怒，而且終於粗暴了，我的可愛的青年們！

魂靈被風沙打擊得粗暴，因為這是人的魂靈，我愛這樣的魂靈；我願意在無形無色的鮮血淋漓的粗暴上接吻。漂渺的名園中，奇花盛開著，紅顏的靜女正在超然無事地逍遙，鶴唳一聲，白雲鬱然而起……。這自然使人神往的罷，然而我總記得我活在人間。

我忽然記起一件事：兩三年前，我在北京大學的教員預備室裡，看見進來了一個並不熟識的青年，默默地給我一包書，便出去了，打開看時，是一本《淺草》。就在這默默中，使我懂得了許多話。阿，這贈品是多麼豐饒呵！可惜那《淺草》不再出版了，似乎只成了《沉鐘》的前身。那《沉鐘》就在這風沙澒洞中，深深地在人海的底裡寂寞地鳴動。

野薊經了幾乎致命的摧折，還要開一朵小花，我記得托爾斯泰曾受了很大的感動，因此寫出一篇小說來。但是，草木在旱乾的沙漠中間，拚命伸長他的根，吸取深地中的水泉，來造成碧綠的林莽，自然是為了自己的“生”的，然而使疲勞枯渴的旅人，一見就怡然覺得遇到了暫時息肩之所，這是如何的可以感激，而且可以悲哀的事！？

《沉鐘》的《無題》——代啟事 —— 說：“有人說：我們的社會是一片沙漠。——如果當真是一片沙漠，這雖然荒漠一點也還靜肅；雖然寂寞一點也還會使你感覺蒼茫。何至於像這樣的混沌，這樣的陰沉，而且這樣的離奇變幻！”

是的，青年的魂靈屹立在我眼前，他們已經粗暴了，或者將要粗暴了，然而我愛這些流血和隱痛的魂靈，因為他使我覺得是在人間，是在人間活著。

在編校中夕陽居然西下，燈火給我接續的光。各樣的青春在眼前一一馳去了，身外但有昏黃環繞。我疲勞著，捏著紙煙，在無名的思想中靜靜地合了眼睛，看見很長的夢。忽而驚覺，身外也還是環繞著昏黃；煙篆在不動的空氣中上升，如幾片小小夏雲，徐徐幻出難以指名的形象。

一九二六年四月十日。

朝花夕拾

小引

我常想在紛擾中尋出一點閒靜來，然而委實不容易。目前是這麼離奇，心裡是這麼蕪雜。一個人做到只剩了回憶的時候，生涯大概總要算是無聊了罷，但有時竟會連回憶也沒有。中國的做文章有軌範，世事也仍然是螺旋。前幾天我離開中山大學的時候，便想起四個月以前的離開廈門大學；聽到飛機在頭上鳴叫，竟記得了一年前在北京城上日日旋繞的飛機。我那時還做了一篇短文，叫做《一覺》。現在是，連這"一覺"也沒有了。

廣州的天氣熱得真早，夕陽從西窗射入，逼得人只能勉強穿一件單衣。書桌上的一盆"水橫枝"，是我先前沒有見過的：就是一段樹，只要浸在水中，枝葉便青蔥得可愛。看看綠葉，編編舊稿，總算也在做一點事。做著這等事，真是雖生之日，猶死之年，很可以驅除炎熱的。

前天，已將《野草》編定了；這回便輪到陸續載在《莽原》上的《舊事重提》，我還替他改了一個名稱：《朝花夕拾》。帶露折花，色香自然要好得多，但是我不能夠。便是現在心目中的離奇和蕪雜，我也還不能使他即刻幻化，轉成離奇和蕪雜的文章。或者，他日仰看流雲時，會在我的眼前一閃爍罷。

我有一時，曾經屢次憶起兒時在故鄉所吃的蔬果：菱角，羅漢豆，茭白，香瓜。凡這些，都是極其鮮美可口的；都曾是使我思鄉的蠱惑。後來，我在久別之後嘗到了，也不過如此；惟獨在記憶上，還有舊來的意味留存。他們也許要哄騙我一生，使我時時反顧。

這十篇就是從記憶中抄出來的，與實際容或有些不同，然而我現在只記得是這樣。文體大概很雜亂，因為是或作或輟，經了九個月之多。環境也不一：前兩篇寫於北京寓所的東壁下；中三篇是流離中所作，地方是醫院和木匠房；後五篇卻在廈門大學的圖書館的樓上，已經是被學者們擠出集團之後了。

一九二七年五月一日，魯迅於廣州白雲樓記。

狗·貓·鼠

從去年起，彷彿聽得有人說我是仇貓的。那根據自然是在我的那一篇《兔和貓》；這是自畫招供，當然無話可說，——但倒也毫不介意。一到今年，我可很有點擔心了。我是常不免於弄弄筆墨的，寫了下來，印了出去，對於有些人似乎總是搔著癢處的時候少，碰著痛處的時候多。萬一不謹，甚而至於得罪了名人或名教授，或者更甚而至於得罪了"負有指導青年責任的前輩"之流，可就危險已極。為什麼呢？因為這些大腳色是"不好惹"的。怎地"不好惹"呢？就是怕要渾身發熱之後，做一封信登在報紙上，廣告道："看哪！狗不是仇貓的麼？魯迅先生卻自己承認是仇貓的，而他還說要打'落水狗'！"這"邏輯"的奧義，即在用我的話，來證明我倒是狗，於是而凡有言說，全都根本推翻，即使我說二二得四，三三見九，也沒有一字不錯。這些既然都錯，則紳士口頭的二二得七，三三見千等等，自然就不錯了。

我於是就間或留心著查考它們成仇的“動機”。這也並非敢妄學現下的學者以動機來褒貶作品的那些時髦，不過想給自己預先洗刷洗刷。據我想，這在動物心理學家，是用不著費什麼力氣的，可惜我沒有這學問。後來，在覃哈特博士（Dr. O. Dähnhardt）的《自然史底國民童話》裡，總算發見了那原因了。據說，是這麼一回事：動物們因為要商議要事，開了一個會議，鳥，魚，獸都齊集了，單是缺了象。大家議定，派夥計去迎接它，拈到了當這差使的鬮的就是狗。“我怎麼找到那象呢？我沒有見過它，也和它不認識。”它問。“那容易，”大眾說，“它是駝背的”。狗去了，遇見一匹貓，立刻弓起脊樑來，它便招待，同行，將弓著脊樑的貓介紹給大家道：“象在這裡！”但是大家都嗤笑它了。從此以後，狗和貓便成了仇家。

日耳曼人走出森林雖然還不很久，學術文藝卻已經很可觀，便是書籍的裝潢，玩具的工緻，也無不令人心愛。獨有這一篇童話卻實在不漂亮；結怨也結得沒有意思。貓的弓起脊樑，並不是希圖冒充，故意擺架子的，其咎卻在狗的自己沒眼力。然而原因也總可以算作一個原因。我的仇貓，是和這大大兩樣的。

其實人禽之辨，本不必這樣嚴。在動物界，雖然並不如古人所幻想的那樣舒適自由，可是嚕嗦做作的事總比人間少。它們適性任情，對就對，錯就錯，不說一句分辯話。蟲蛆也許是不乾淨的，但它們並沒有自鳴清高；鷙禽猛獸以較弱的動物為餌，不妨說是兇殘的罷，但它們從來就沒有豎過“公理”“正義”的旗子，使犧牲者直到被吃的時候為止，還是一味佩服讚嘆它們。人呢，能直立了，自然是一大進步；能說話了，自然又是一大進步；能寫字作文了，自然又是一大進步。然而也就墮落，因為那時也開始了說空話。說空話尚無不可，甚至於連自己也不知道說著違心之論，則對於只能嗥叫的動物，實在免不得“顏厚有忸怩”。假使真有一位一視同仁的造物主，高高在上，那麼，對於人類的這些小聰明，也許倒以為多事，正如我們在萬生園裡，看見猴子翻筋斗，母象請安，雖然往往破顏一笑，但同時也覺得不舒服，甚至於感到悲哀，以為這些多餘的聰明，倒不如沒有的好罷。然而，既經為人，便也只好“黨同伐異”，學著人們的說話，隨俗來談一談，——辯一辯了。

現在說起我仇貓的原因來，自己覺得是理由充足，而且光明正大的。一，它的性情就和別的猛獸不同，凡捕食雀鼠，總不肯一口咬死，定要盡情玩弄，放走，又捉住，捉住，又放走，直待自己玩厭了，這才吃下去，頗與人們的幸災樂禍，慢慢地折磨弱者的壞脾氣相同。二，它不是和獅虎同族的麼？可是有這麼一副媚態！但這也許是限於天分之故罷，假使它的身材比現在大十倍，那就真不知道它所取的是怎麼一種態度。然而，這些口實，彷彿又是現在提起筆來的時候添出來的，雖然也像是當時湧上心來的理由。要說得可靠一點，或者倒不如說不過因為它們配合時候的嗥叫，手續竟有這麼繁重，鬧得別人心煩，尤其是夜間要看書，睡覺的時候。當這些時候，我便要用長竹竿去攻擊它們。狗們在大道上配合時，常有閒漢拿了木棍痛打；我曾見大勃呂該爾（P. Bruegel d. Ä）的一張銅版畫 Allegorie der Wollust 上，也畫著這回事，可見這樣的舉動，是中外古今一致的。自從那執拗的奧國學者弗羅特（S. Freud）提倡了精神分析說——Psychoanalysis，聽說章士釗先生是譯作“心解”的，雖然簡古，可是實在難解得很——以來，我們的名人名教授也頗有隱隱約約，檢來應用的了，這些事便不免又要歸宿到性慾上去。打狗的事我不管，至於我的打貓，卻只因為它們嚷嚷，此外並無惡意，我自信我的嫉妒心還沒有這麼博大，當現下"動輒獲咎"之秋，這是不可不預先聲明的。例如人們當配合之前，也很有些手續，新的是寫情書，少則一束，多則一捆；舊的是什麼"問名""納采"，磕頭作揖，去年海昌蔣氏在北京舉行婚禮，拜來拜去，就十足拜了三天，還印有一本紅面子的《婚禮節文》，《序論》裡大發議論道："平心論之，既名為禮，當必繁重。專圖簡易，何用禮為？……然則世之有志於禮者，可以興矣！不可退居於禮所不下之庶人矣！"然而我毫不生氣，這是因為無須我到場；因此也可見我的仇貓，理由實在簡簡單單，只為了它們在我的耳朵邊盡嚷的緣故。人們的各種禮式，局外人可以不見不聞，我就滿不管，但如果當我正要看書或睡覺的時候，有人來勒令朗誦情書，奉陪作揖，那是為自衛起見，還要用長竹竿來抵禦的。還有，平素不大交往的人，忽而寄給我一個紅帖子，上面印著"為舍妹出閣"，"小兒完姻"，"敬請觀禮"或"闔第光臨"這些含有"陰險的暗示"

的句子，使我不化錢便總覺得有些過意不去的，我也不十分高興。

但是，這都是近時的話。再一回憶，我的仇貓卻遠在能夠說出這些理由之前，也許是還在十歲上下的時候了。至今還分明記得，那原因是極其簡單的：只因為它吃老鼠，——吃了我飼養著的可愛的小小的隱鼠。

聽說西洋是不很喜歡黑貓的，不知道可確；但 Edgar Allan Poe 的小說裡的黑貓，卻實在有點駭人。日本的貓善於成精，傳說中的"貓婆"，那食人的慘酷確是更可怕。中國古時候雖然曾有"貓鬼"，近來卻很少聽到貓的興妖作怪，似乎古法已經失傳，老實起來了。只是我在童年，總覺得它有點妖氣，沒有什麼好感。那是一個我的幼時的夏夜，我躺在一株大桂樹下的小板桌上乘涼，祖母搖著芭蕉扇坐在桌旁，給我猜謎，講故事。忽然，桂樹上沙沙地有趾爪的爬搔聲，一對閃閃的眼睛在暗中隨聲而下，使我吃驚，也將祖母講著的話打斷，另講貓的故事了——

"你知道麼？貓是老虎的先生。"她說。"小孩子怎麼會知道呢，貓是老虎的師父。老虎本來是什麼也不會的，就投到貓的門下來。貓就教給它撲的方法，捉的方法，吃的方法，像自己的捉老鼠一樣。這些教完了；老虎想，本領都學到了，誰也比不過它了，只有老師的貓還比自己強，要是殺掉貓，自己便是最強的腳色了。它打定主意，就上前去撲貓。貓是早知道它的來意的，一跳，便上了樹，老虎卻只能眼睜睜地在樹下蹲著。它還沒有將一切本領傳授完，還沒有教給它上樹。”

這是僥倖的，我想，幸而老虎很性急，否則從桂樹上就會爬下一匹老虎來。然而究竟很怕人，我要進屋子裡睡覺去了。夜色更加黯然；桂葉瑟瑟地作響，微風也吹動了，想來草蓆定已微涼，躺著也不至於煩得翻來覆去了。

幾百年的老屋中的豆油燈的微光下，是老鼠跳樑的世界，飄忽地走著，吱吱地叫著，那態度往往比“名人名教授”還軒昂。貓是飼養著的，然而吃飯不管事。祖母她們雖然常恨鼠子們嚙破了箱櫃，偷吃了東西，我卻以為這也算不得什麼大罪，也和我不相干，況且這類壞事大概是大個子的老鼠做的，決不能誣陷到我所愛的小鼠身上去。這類小鼠大抵在地上走動，只有拇指那麼大，也不很畏懼人，我們那裡叫它“隱鼠”，與專住在屋上的偉大者是兩種。我的床前就帖著兩張花紙，一是“八戒招贅”，滿紙長嘴大耳，我以為不甚雅觀；別的一張“老鼠成親”卻可愛，自新郎新婦以至儐相，賓客，執事，沒有一個不是尖腮細腿，像煞讀書人的，但穿的都是紅衫綠褲。我想，能舉辦這樣大儀式的，一定只有我所喜歡的那些隱鼠。現在是粗俗了，在路上遇見人類的迎娶儀仗，也不過當作性交的廣告看，不甚留心；但那時的想看“老鼠成親”的儀式，卻極其神往，即使像海昌蔣氏似的連拜三夜，怕也未必會看得心煩。正月十四的夜，是我不肯輕易便睡，等候它們的儀仗從床下出來的夜。然而仍然只看見幾個光著身子的隱鼠在地面遊行，不像正在辦著喜事。直到我熬不住了，快快睡去，一睜眼卻已經天明，到了燈節了。也許鼠族的婚儀，不但不分請帖，來收羅賀禮，雖是真的“觀禮”，也絕對不歡迎的罷，我想，這是它們向來的習慣，無法抗議的。

老鼠的大敵其實並不是貓。春後，你聽到它“咋！咋咋咋咋！”地叫著，大家稱為“老鼠數銅錢”的，便知道它的可怕的屠伯已經光降了。這聲音是表現絕望的驚恐的，雖然遇見貓，還不至於這樣叫。貓自然也可怕，但老鼠只要竄進一個小洞去，它也就奈何不得，逃命的機會還很多。獨有那可怕的屠伯——蛇，身體是細長的，圓徑和鼠子差不多，凡鼠子能到的地方，它也能到，追逐的時間也格外長，而且萬難倖免，當“數錢”的時候，大概是已經沒有第二步辦法的了。

有一回，我就聽得一間空屋裡有著這種“數錢”的聲音，推門進去，一條蛇伏在橫樑上，看地上，躺著一匹隱鼠，口角流血，但兩脇還是一起一落的。取來給躺在一個紙盒子裡，大半天，竟醒過來了，漸漸地能夠飲食，行走，到第二日，似乎就復了原，但是不逃走。放在地上，也時時跑到人面前來，而且緣腿而上，一直爬到膝髁。給放在飯桌上，便檢吃些菜渣，舔舔碗沿；放在我的書桌上，則從容地遊行，看見硯台便舔吃了研著的墨汁。這使我非常驚喜了。我聽父親說過的，中國有一種墨猴，只有拇指一般大，全身的毛是漆黑而且發亮的。它睡在筆筒裡，一聽到磨墨，便跳出來，等著，等到人寫完字，套上筆，就舔盡了硯上的餘墨，仍舊跳進筆筒裡去了。我就極願意有這樣的一個墨猴，可是得不到；問哪裡有，哪裡買的呢，誰也不知道。“慰情聊勝無”，這隱鼠總可以算是我的墨猴了罷，雖然它舔吃墨汁，並不一定肯等到我寫完字。

現在已經記不分明，這樣地大約有一兩月；有一天，我忽然感到寂寞了，真所謂“若有所失”。我的隱鼠，是常在眼前遊行的，或桌上，或地上。而這一日卻大半天沒有見，大家吃午飯了，也不見它走出來，平時，是一定出現的。我再等著，再等它一半天，然而仍然沒有見。

長媽媽，一個一向帶領著我的女工，也許是以為我等得太苦了罷，輕輕地來告訴我一句話。這即刻使我憤怒而且悲哀，決心和貓們為敵。她說：隱鼠是昨天晚上被貓吃去了！

當我失掉了所愛的，心中有著空虛時，我要充填以報仇的惡念！

我的報仇，就從家裡飼養著的一匹花貓起手，逐漸推廣，至於凡所遇見的諸貓。最先不過是追趕，襲擊；後來卻愈加巧妙了，能飛石擊中它們的頭，或誘入空屋裡面，打得它垂頭喪氣。這作戰繼續得頗長久，此後似乎貓都不來近我了。但對於它們縱使怎樣戰勝，大約也算不得一個英雄；況且中國畢生和貓打仗的人也未必多，所以一切韜略，戰績，還是全部省略了罷。

但許多天之後，也許是已經經過了大半年，我竟偶然得到一個意外的消息：那隱鼠其實並非被貓所害，倒是它緣著長媽媽的腿要爬上去，被她一腳踏死了。

這確是先前所沒有料想到的。現在我已經記不清當時是怎樣一個感想，但和貓的感情卻終於沒有融和；到了北京，還因為它傷害了兔的兒女們，便舊隙夾新嫌，使出更辣的辣手。“仇貓”的話柄，也從此傳揚開來。然而在現在，這些早已是過去的事了，我已經改變態度，對貓頗為客氣，倘其萬不得已，則趕走而已，決不打傷它們，更何況殺害。這是我近幾年的進步。經驗既多，一旦大悟，知道貓的偷魚肉，拖小雞，深夜大叫，人們自然十之九是憎惡的，而這憎惡是在貓身上。假如我出而為人們驅除這憎惡，打傷或殺害了它，它便立刻變為可憐，那憎惡倒移在我身上了。所以，目下的辦法，是凡遇貓們搗亂，至於有人討厭時，我便站出去，在門口大聲叱曰：“噓！滾！”小小平靜，即回書房，這樣，就長保著禦侮保家的資格。其實這方法，中國的官兵就常在實做的，他們總不肯掃清土匪或撲滅敵人，因為這麼一來，就要不被重視，甚至於因失其用處而被裁汰。我想，如果能將這方法推廣應用，我大概也總可望成為所謂“指導青年”的“前輩”的罷，但現下也還未決心實踐，正在研究而且推敲。

一九二六年二月二十一日。

阿長與《山海經》

長媽媽，已經說過，是一個一向帶領著我的女工，說得闊氣一點，就是我的保姆。我的母親和許多別的人都這樣稱呼她，似乎略帶些客氣的意思。只有祖母叫她阿長。我平時叫她“阿媽”，連“長”字也不帶；但到憎惡她的時候，——例如知道了謀死我那隱鼠的卻是她的時候，就叫她阿長。

我們那裡沒有姓長的；她生得黃胖而矮，“長”也不是形容詞。又不是她的名字，記得她自己說過，她的名字是叫作什麼姑娘的。什麼姑娘，我現在已經忘卻了，總之不是長姑娘；也終於不知道她姓什麼。記得她也曾告訴過我這個名稱的來歷：先前的先前，我家有一個女工，身材生得很高大，這就是真阿長。後來她回去了，我那什麼姑娘才來補她的缺，然而大家因為叫慣了，沒有再改口，於是她從此也就成為長媽媽了。

雖然背地裡說人長短不是好事情，但倘使要我說句真心話，我可只得說：我實在不大佩服她。最討厭的是常喜歡切切察察，向人們低聲絮說些什麼事，還豎起第二個手指，在空中上下搖動，或者點著對手或自己的鼻尖。我的家裡一有些小風波，不知怎的我總疑心和這“切切察察”有些關係。又不許我走動，拔一株草，翻一塊石頭，就說我頑皮，要告訴我的母親去了。一到夏天，睡覺時她又伸開兩腳兩手，在床中間擺成一個“大”字，擠得我沒有餘地翻身，久睡在一角的席子上，又已經烤得那麼熱。推她呢，不動；叫她呢，也不聞。

“長媽媽生得那麼胖，一定很怕熱罷？晚上的睡相，怕不見得很好罷？……”

母親聽到我多回訴苦之後，曾經這樣地問過她。我也知道這意思是要她多給我一些空席。她不開口。但到夜裡，我熱得醒來的時候，卻仍然看見滿床擺著一個“大”字，一條臂膊還擱在我的脖子上。我想，這實在是無法可想了。

但是她懂得許多規矩；這些規矩，也大概是我所不耐煩的。一年中最高興的時節，自然要數除夕了。辭歲之後，從長輩得到壓歲錢，紅紙包著，放在枕邊，只要過一宵，便可以隨意使用。睡在枕上，看著紅包，想到明天買來的小鼓，刀槍，泥人，糖菩薩……。然而她進來，又將一個福橘放在床頭了。

“哥兒，你牢牢記住！”她極其鄭重地說。“明天是正月初一，清早一睜開眼睛，第一句話就得對我說：‘阿媽，恭喜恭喜！’記得麼？你要記著，這是一年的運氣的事情。不許說別的話！說過之後，還得吃一點福橘。”她又拿起那橘子來在我的眼前搖了兩搖，“那麼，一年到頭，順順流流……”。

夢裡也記得元旦的，第二天醒得特別早，一醒，就要坐起來。她卻立刻伸出臂膊，一把將我按住。我驚異地看她時，只見她惶急地看著我。

她又有所要求似的，搖著我的肩。我忽而記得了——

“阿媽，恭喜……。”

“恭喜恭喜！大家恭喜！真聰明！恭喜恭喜！”她於是十分喜歡似的，笑將起來，同時將一點冰冷的東西，塞在我的嘴裡。我大吃一驚之後，也就忽而記得，這就是所謂福橘，元旦闢頭的磨難，總算已經受完，可以下床玩耍去了。

她教給我的道理還很多，例如說人死了，不該說死掉，必須說“老掉了”；死了人，生了孩子的屋子裡，不應該走進去；飯粒落在地上，必須揀起來，最好是吃下去；曬褲子用的竹竿底下，是萬不可鑽過去的……。此外，現在大抵忘卻了，只有元旦的古怪儀式記得最清楚。總之：都是些煩瑣之至，至今想起來還覺得非常麻煩的事情。

然而我有一時也對她發生過空前的敬意。她常常對我講“長毛”。她之所謂“長毛”者，不但洪秀全軍，似乎連後來一切土匪強盜都在內，但除卻革命黨，因為那時還沒有。她說得長毛非常可怕，他們的話就聽不懂。她說先前長毛進城的時候，我家全都逃到海邊去了，只留一個門房和年老的煮飯老媽子看家。後來長毛果然進門來了，那老媽子便叫他們“大王”，——據說對長毛就應該這樣叫，——訴說自己的飢餓。長毛笑道：“那麼，這東西就給你吃了罷！”將一個圓圓的東西擲了過來，還帶著一條小辮子，正是那門房的頭。煮飯老媽子從此就駭破了膽，後來一提起，還是立刻面如土色，自己輕輕地拍著胸脯道：“阿呀，駭死我了，駭死我了……。”

我那時似乎倒並不怕，因為我覺得這些事和我毫不相干的，我不是一個門房。但她大概也即覺到了，說道：“像你似的小孩子，長毛也要擄的，擄去做小長毛。還有好看的姑娘，也要擄。”

“那麼，你是不要緊的。”我以為她一定最安全了，既不做門房，又不是小孩子，也生得不好看，況且脖子上還有許多灸瘡疤。

“哪裡的話？！”她嚴肅地說。“我們就沒有用麼？我們也要被擄去。城外有兵來攻的時候，長毛就叫我們脫下褲子，一排一排地站在城牆上，外面的大炮就放不出來；再要放，就炸了！”

這實在是出於我意想之外的，不能不驚異。我一向只以為她滿肚子是麻煩的禮節罷了，卻不料她還有這樣偉大的神力。從此對於她就有了特別的敬意，似乎實在深不可測；夜間的伸開手腳，佔領全床，那當然是情有可原的了，倒應該我退讓。

這種敬意，雖然也逐漸淡薄起來，但完全消失，大概是在知道她謀害了我的隱鼠之後。那時就極嚴重地詰問，而且當面叫她阿長。我想我又不真做小長毛，不去攻城，也不放炮，更不怕炮炸，我懼憚她什麼呢！

但當我哀悼隱鼠，給它復仇的時候，一面又在渴慕著繪圖的《山海經》了。這渴慕是從一個遠房的叔祖惹起來的。他是一個胖胖的，和藹的老人，愛種一點花木，如珠蘭，茉莉之類，還有極其少見的，據說從北邊帶回去的馬纓花。他的太太卻正相反，什麼也莫名其妙，曾將曬衣服的竹竿擱在珠蘭的枝條上，枝折了，還要憤憤地咒罵道："死屍！"這老人是個寂寞者，因為無人可談，就很愛和孩子們往來，有時簡直稱我們為"小友"。在我們聚族而居的宅子裡，只有他書多，而且特別。制藝和試帖詩，自然也是有的；但我卻只在他的書齋裡，看見過陸璣的《毛詩草木鳥獸蟲魚疏》，還有許多名目很生的書籍。我那時最愛看的是《花鏡》，上面有許多圖。他說給我聽，曾經有過一部繪圖的《山海經》，畫著人面的獸，九頭的蛇，三腳的鳥，生著翅膀的人，沒有頭而以兩乳當作眼睛的怪物，……可惜現在不知道放在哪裡了。

我很願意看看這樣的圖畫，但不好意思力逼他去尋找，他是很疏懶的。問別人呢，誰也不肯真實地回答我。壓歲錢還有幾百文，買罷，又沒有好機會。有書買的大街離我家遠得很，我一年中只能在正月間去玩一趟，那時候，兩家書店都緊緊地關著門。

玩的時候倒是沒有什麼的，但一坐下，我就記得繪圖的《山海經》。

大概是太過於念念不忘了，連阿長也來問《山海經》是怎麼一回事。這是我向來沒有和她說過的，我知道她並非學者，說了也無益；但既然來問，也就都對她說了。

過了十多天，或者一個月罷，我還很記得，是她告假回家以後的四五天，她穿著新的藍布衫回來了，一見面，就將一包書遞給我，高興地說道：

“哥兒，有畫兒的‘三哼經’，我給你買來了！”

我似乎遇著了一個霹靂，全體都震悚起來；趕緊去接過來，打開紙包，是四本小小的書，略略一翻，人面的獸，九頭的蛇，……果然都在內。

這又使我發生新的敬意了，別人不肯做，或不能做的事，她卻能夠做成功。她確有偉大的神力。謀害隱鼠的怨恨，從此完全消滅了。

這四本書，乃是我最初得到，最為心愛的寶書。

書的模樣，到現在還在眼前。可是從還在眼前的模樣來說，卻是一部刻印都十分粗拙的本子。紙張很黃；圖像也很壞，甚至於幾乎全用直線湊合，連動物的眼睛也都是長方形的。但那是我最為心愛的寶書，看起來，確是人面的獸；九頭的蛇；一腳的牛；袋子似的帝江；沒有頭而“以乳為目，以臍為口”，還要“執干戚而舞”的刑天。

此後我就更其搜集繪圖的書，於是有了石印的《爾雅音圖》和《毛詩品物圖考》，又有了《點石齋叢畫》和《詩畫舫》。《山海經》也另買了一部石印的，每卷都有圖贊，綠色的畫，字是紅的，比那木刻的精緻得多了。這一部直到前年還在，是縮印的郝懿行疏。木刻的卻已經記不清是什麼時候失掉了。

我的保姆，長媽媽即阿長，辭了這人世，大概也有了三十年了罷。我終於不知道她的姓名，她的經歷；僅知道有一個過繼的兒子，她大約是青年守寡的孤孀。

仁厚黑暗的地母呵，願在你懷裡永安她的魂靈！

三月十日。

《二十四孝圖》

我總要上下四方尋求，得到一種最黑，最黑，最黑的咒文，先來詛咒一切反對白話，妨害白話者。即使人死了真有靈魂，因這最惡的心，應該墮入地獄，也將決不改悔，總要先來詛咒一切反對白話，妨害白話者。

自從所謂“文學革命”以來，供給孩子的書籍，和歐，美，日本的一比較，雖然很可憐，但總算有圖有說，只要能讀下去，就可以懂得的了。可是一班別有心腸的人們，便竭力來阻遏它，要使孩子的世界中，沒有一絲樂趣。北京現在常用“馬虎子”這一句話來恐嚇孩子們。或者說，那就是《開河記》上所載的，給隋煬帝開河，蒸死小兒的麻叔謀；正確地寫起來，須是“麻胡子”。那麼，這麻叔謀乃是胡人了。但無論他是什麼人，他的吃小孩究竟也還有限，不過盡他的一生。妨害白話者的流毒卻甚於洪水猛獸，非常廣大，也非常長久，能使全中國化成一個麻胡，凡有孩子都死在他肚子裡。

只要對於白話來加以謀害者，都應該滅亡！

這些話，紳士們自然難免要掩住耳朵的，因為就是所謂“跳到半天空，罵得體無完膚，——還不肯罷休”。而且文士們一定也要罵，以為大悖於“文格”，亦即大損於“人格”。豈不是“言者心聲也”麼？“文”和“人”當然是相關的，雖然人間世本來千奇百怪，教授們中也有“不尊敬”作者的人格而不能“不說他的小說好”的特別種族。但這些我都不管，因為我幸而還沒有爬上“象牙之塔”去，正無須怎樣小心。倘若無意中竟已撞上了，那就即刻跌下來罷。然而在跌下來的中途，當還未到地之前，還要說一遍：

只要對於白話來加以謀害者，都應該滅亡！

每看見小學生歡天喜地地看著一本粗拙的《兒童世界》之類，另想到別國的兒童用書的精美，自然要覺得中國兒童的可憐。但回憶起我和我的同窗小友的童年，卻不能不以為他幸福，給我們的永逝的韶光一個悲哀的弔唁。我們那時有什麼可看呢，只要略有圖畫的本子，就要被塾師，就是當時的“引導青年的前輩”禁止，呵斥，甚而至於打手心。我的小同學因為專讀“人之初性本善”讀得要枯燥而死了，只好偷偷地翻開第一葉，看那題著“文星高照”四個字的惡鬼一般的魁星像，來滿足他幼稚的愛美的天性。昨天看這個，今天也看這個，然而他們的眼睛裡還閃出蘇醒和歡喜的光輝來。

在書塾之外，禁令可比較的寬了，但這是說自己的事，各人大概不一樣。我能在大眾面前，冠冕堂皇地閱看的，是《文昌帝君陰騭文圖說》和《玉歷鈔傳》，都畫著冥冥之中賞善罰惡的故事，雷公電母站在雲中，牛頭馬面布滿地下，不但“跳到半天空”是觸犯天條的，即使半語不合，一念偶差，也都得受相當的報應。這所報的也並非“睚眥之怨”，因為那地方是鬼神為君，“公理”作宰，請酒下跪，全都無功，簡直是無法可想。在中國的天地間，不但做人，便是做鬼，也艱難極了。然而究竟很有比陽間更好的處所：無所謂“紳士”，也沒有“流言”。

陰間，倘要穩妥，是頌揚不得的。尤其是常常好弄筆墨的人，在現在的中國，流言的治下，而又大談“言行一致”的時候。前車可鑑，聽說阿爾志跋綏夫曾答一個少女的質問說，“惟有在人生的事實這本身中尋出歡喜者，可以活下去。倘若在那裡什麼也不見，他們其實倒不如死”。於是乎有一個叫作密哈羅夫的，寄信嘲罵他道，“……所以我完全誠實地勸你自殺來禍福你自己的生命，因為這第一是合於邏輯，第二是你的言語和行為不至於背馳”。

其實這論法就是謀殺，他就這樣地在他的人生中尋出歡喜來。阿爾志跋綏夫只發了一大通牢騷，沒有自殺。密哈羅夫先生後來不知道怎樣，這一個歡喜失掉了，或者另外又尋到了“什麼”了罷。誠然，“這些時候，勇敢，是安穩的；情熱，是毫無危險的”。

然而，對於陰間，我終於已經頌揚過了，無法追改；雖有“言行不符”之嫌，但確沒有受過閻王或小鬼的半文津貼，則差可以自解。總而言之，還是仍然寫下去罷：

我所看的那些陰間的圖畫，都是家藏的老書，並非我所專有。我所收得的最先的畫圖本子，是一位長輩的贈品：《二十四孝圖》。這雖然不過薄薄的一本書，但是下圖上說，鬼少人多，又為我一人所獨有，使我高興極了。那裡面的故事，似乎是誰都知道的；便是不識字的人，例如阿長，也只要一看圖畫便能夠滔滔地講出這一段的事跡。但是，我於高興之餘，接著就是掃興，因為我請人講完了二十四個故事之後，才知道“孝”有如此之難，對於先前癡心妄想，想做孝子的計劃，完全絕望了。

“人之初，性本善”麼？這並非現在要加研究的問題。但我還依稀記得，我幼小時候實未嘗蓄意忤逆，對於父母，倒是極願意孝順的。不過年幼無知，只用了私見來解釋“孝順”的做法，以為無非是“聽話”，“從命”，以及長大之後，給年老的父母好好地吃飯罷了。自從得了這一本孝子的教科書以後，才知道並不然，而且還要難到幾十幾百倍。其中自然也有可以勉力仿效的，如“子路負米”，“黃香扇枕”之類。“陸績懷橘”也並不難，只要有闊人請我吃飯。“魯迅先生作賓客而懷橘乎？”我便跪答云，“吾母性之所愛，欲歸以遺母”。闊人大佩服，於是孝子就做穩了，也非常省事。“哭竹生筍”就可疑，怕我的精誠未必會這樣感動天地。但是哭不出筍來，還不過拋臉而已，一到“臥冰求鯉”，可就有性命之虞了。我鄉的天氣是溫和的，嚴冬中，水面也只結一層薄冰，即使孩子的重量怎樣小，躺上去，也一定嘩喇一聲，冰破落水，鯉魚還不及游過來。自然，必須不顧性命，這才孝感神明，會有出乎意料之外的奇跡，但那時我還小，實在不明白這些。

其中最使我不解，甚至於發生反感的，是"老萊娛親"和"郭巨埋兒"兩件事。

我至今還記得，一個躺在父母跟前的老頭子，一個抱在母親手上的小孩子，是怎樣地使我發生不同的感想呵。他們一手都拿著"搖咕咚"。這玩意兒確是可愛的，北京稱為小鼓，蓋即鼗也，朱熹曰，"鼗，小鼓，兩旁有耳；持其柄而搖之，則旁耳還自擊"，咕咚咕咚地響起來。然而這東西是不該拿在老萊子手裡的，他應該扶一支拐杖。現在這模樣，簡直是裝佯，侮辱了孩子。我沒有再看第二回，一到這一葉，便急速地翻過去了。

那時的《二十四孝圖》，早已不知去向了，目下所有的只是一本日本小田海僊所畫的本子，敘老萊子事云，"行年七十，言不稱老，常著五色斑斕之衣，為嬰兒戲於親側。又常取水上堂，詐跌仆地，作嬰兒啼，以娛親意"。大約舊本也差不多，而招我反感的便是"詐跌"。無論忤逆，無論孝順，小孩子多不願意"詐"作，聽故事也不喜歡是謠言，這是凡有稍稍留心兒童心理的都知道的。

然而在較古的書上一查，卻還不至於如此虛偽。師覺授《孝子傳》云，“老萊子……常著斑斕之衣，為親取飲，上堂腳跌，恐傷父母之心，僵仆為嬰兒啼”。(《太平御覽》四百十三引）較之今說，似稍近於人情。不知怎地，後之君子卻一定要改得他“詐”起來，心裡才能舒服。鄧伯道棄子救姪，想來也不過“棄”而已矣，昏妄人也必須說他將兒子捆在樹上，使他追不上來才肯歇手。正如將“肉麻當作有趣”一般，以不情為倫紀，誣衊了古人，教壞了後人。老萊子即是一例，道學先生以為他白璧無瑕時，他卻已在孩子的心中死掉了。

至於玩著“搖咕咚”的郭巨的兒子，卻實在值得同情。他被抱在他母親的臂膊上，高高興興地笑著；他的父親卻正在掘窟窿，要將他埋掉了。說明云，“漢郭巨家貧，有子三歲，母嘗減食與之。巨謂妻曰，貧乏不能供母，子又分母之食。盍埋此子？”但是劉向《孝子傳》所說，卻又有些不同：巨家是富的，他都給了兩弟；孩子是才生的，並沒有到三歲。結末又大略相像了，“及掘坑二尺，得黃金一釜，上云：天賜郭巨，官不得取，民不得奪！”

我最初實在替這孩子捏一把汗，待到掘出黃金一釜，這才覺得輕鬆。然而我已經不但自己不敢再想做孝子，並且怕我父親去做孝子了。家景正在壞下去，常聽到父母愁柴米；祖母又老了，倘使我的父親竟學了郭巨，那麼，該埋的不正是我麼？如果一絲不走樣，也掘出一釜黃金來，那自然是如天之福，但是，那時我雖然年紀小，似乎也明白天下未必有這樣的巧事。

現在想起來，實在很覺得傻氣。這是因為現在已經知道了這些老玩意，本來誰也不實行。整飭倫紀的文電是常有的，卻很少見紳士赤條條地躺在冰上面，將軍跳下汽車去負米。何況現在早長大了，看過幾部古書，買過幾本新書，什麼《太平御覽》咧，《古孝子傳》咧，《人口問題》咧，《節制生育》咧，《二十世紀是兒童的世界》咧，可以抵抗被埋的理由多得很。不過彼一時，此一時，彼時我委實有點害怕：掘好深坑，不見黃金，連“搖咕咚”一同埋下去，蓋上土，踏得實實的，又有什麼法子可想呢。我想，事情雖然未必實現，但我從此總怕聽到我的父母愁窮，怕看見我的白髮的祖母，總覺得她是和我不兩立，至少，也是一個和我的生命有些妨礙的人。後來這印象日見其淡了，但總有一些留遺，一直到她去世——這大概是送給《二十四孝圖》的儒者所萬料不到的罷。

五月十日。

五猖會

孩子們所盼望的，過年過節之外，大概要數迎神賽會的時候了。但我家的所在很偏僻，待到賽會的行列經過時，一定已在下午，儀仗之類，也減而又減，所剩的極其寥寥。往往伸著脖子等候多時，卻只見十幾個人抬著一個金臉或藍臉紅臉的神像匆匆地跑過去。於是，完了。

我常存著這樣的一個希望：這一次所見的賽會，比前一次繁盛些。可是結果總是一個“差不多”；也總是只留下一個紀念品，就是當神像還未抬過之前，化一文錢買下的，用一點爛泥，一點顏色紙，一枝竹籤和兩三枝雞毛所做的，吹起來會發出一種刺耳的聲音的哨子，叫作“吹都都”的，吡吡地吹它兩三天。

現在看看《陶庵夢憶》，覺得那時的賽會，真是豪奢極了，雖然明人的文章，怕難免有些誇大。因為禱雨而迎龍王，現在也還有的，但辦法卻已經很簡單，不過是十多人盤旋著一條龍，以及村童們扮些海鬼。那時卻還要扮故事，而且實在奇拔得可觀。他記扮《水滸傳》中人物云："……於是分頭四出，尋黑矮漢，尋梢長大漢，尋頭陀，尋胖大和尚，尋茁壯婦人，尋姣長婦人，尋青面，尋歪頭，尋赤鬚，尋美髯，尋黑大漢，尋赤臉長鬚。大索城中；無，則之郭，之村，之山僻，之鄰府州縣。用重價聘之，得三十六人，梁山泊好漢，個個呵活，臻臻至至，人馬稱娖而行。……"這樣的白描的活古人，誰能不動一看的雅興呢？可惜這種盛舉，早已和明社一同消滅了。

賽會雖然不像現在上海的旗袍，北京的談國事，為當局所禁止，然而婦孺們是不許看的，讀書人即所謂士子，也大抵不肯趕去看。只有遊手好閒的閒人，這才跑到廟前或衙門前去看熱鬧；我關於賽會的知識，多半是從他們的敘述上得來的，並非考據家所貴重的"眼學"。然而記得有一回，也親見過較盛的賽會。開首是一個孩子騎馬先來，稱為"塘報"；過了許久，"高照"到了，長竹竿揭起一條很長的旗，一個汗流浹背的胖大漢用兩手托著；他高興的時候，就肯將竿頭放在頭頂或牙齒上，甚而至於鼻尖。其次是所謂"高蹺"，"抬閣"，"馬頭"

了；還有扮犯人的，紅衣枷鎖，內中也有孩子。我那時覺得這些都是有光榮的事業，與聞其事的即全是大有運氣的人，——大概羨慕他們的出風頭罷。我想，我為什麼不生一場重病，使我的母親也好到廟裡去許下一個"扮犯人"的心願的呢？……然而我到現在終於沒有和賽會發生關係過。

要到東關看五猖會去了。這是我兒時所罕逢的一件盛事。因為那會是全縣中最盛的會，東關又是離我家很遠的地方，出城還有六十多里水路，在那裡有兩座特別的廟。一是梅姑廟，就是《聊齋志異》所記，室女守節，死後成神，卻篡取別人的丈夫的；現在神座上確塑著一對少年男女，眉開眼笑，殊與"禮教"有妨。其一便是五猖廟了，名目就奇特。據有考據癖的人說：這就是五通神。然而也並無確據。神像是五個男人，也不見有什麼猖獗之狀；後面列坐著五位太太，卻並不"分坐"，遠不及北京戲園裡界限之謹嚴。其實呢，這也是殊與"禮教"有妨的，——但他們既然是五猖，便也無法可想，而且自然也就"又作別論"了。

因為東關離城遠，大清早大家就起來。昨夜預定好的三道明瓦窗的大船，已經泊在河埠頭，船椅，飯菜，茶炊，點心盒子，都在陸續搬下去了。我笑著跳著，催他們要搬得快。忽然，工人的臉色很謹肅了，我知道有些蹊蹺，四面一看，父親就站在我背後。

“去拿你的書來。”他慢慢地說。

這所謂“書”，是指我開蒙時候所讀的《鑑略》，因為我再沒有第二本了。我們那裡上學的歲數是多揀單數的，所以這使我記住我其時是七歲。

我忐忑著，拿了書來了。他使我同坐在堂中央的桌子前，教我一句一句地讀下去。我擔著心，一句一句地讀下去。

兩句一行，大約讀了二三十行罷，他說：

“給我讀熟。背不出，就不准去看會。”

他說完，便站起來，走進房裡去了。

我似乎從頭上澆了一盆冷水。但是，有什麼法子呢？自然是讀著，讀著，強記著，——而且要背出來。

粵自盤古，生於太荒，

首出御世，肇開混茫。

就是這樣的書，我現在只記得前四句，別的都忘卻了；那時所強記的二三十行，自然也一齊忘卻在裡面了。記得那時聽人說，讀《鑑略》比讀《千字文》，《百家姓》有用得多，因為可以知道從古到今的大概。知道從古到今的大概，那當然是很好的，然而我一字也不懂。"粵自盤古"就是"粵自盤古"，讀下去，記住它，"粵自盤古"呵！"生於太荒"呵！……

應用的物件已經搬完，家中由忙亂轉成靜肅了。朝陽照著西牆，天氣很清朗。母親，工人，長媽媽即阿長，都無法營救，只默默地靜候著我讀熟，而且背出來。在百靜中，我似乎頭裡要伸出許多鐵鉗，將什麼"生於太荒"之流夾住；也聽到自己急急誦讀的聲音發著抖，彷彿深秋的蟋蟀，在夜中鳴叫似的。

他們都等候著；太陽也升得更高了。

我忽然似乎已經很有把握，便即站了起來，拿書走進父親的書房，一氣背將下去，夢似的就背完了。

"不錯。去罷。"父親點著頭，說。

大家同時活動起來，臉上都露出笑容，向河埠走去。工人將我高高地抱起，彷彿在祝賀我的成功一般，快步走在最前頭。

我卻並沒有他們那麼高興。開船以後，水路中的風景，盒子裡的點心，以及到了東關的五猖會的熱鬧，對於我似乎都沒有什麼大意思。

直到現在，別的完全忘卻，不留一點痕跡了，只有背誦《鑑略》這一段，卻還分明如昨日事。

我至今一想起，還詫異我的父親何以要在那時候叫我來背書。

五月二十五日。

無常

迎神賽會這一天出巡的神，如果是掌握生殺之權的，——不，這生殺之權四個字不大妥，凡是神，在中國彷彿都有些隨意殺人的權柄似的，倒不如說是職掌人民的生死大事的罷，就如城隍和東嶽大帝之類，那麼，他的鹵簿中間就另有一群特別的腳色：鬼卒，鬼王，還有活無常。

這些鬼物們，大概都是由粗人和鄉下人扮演的。鬼卒和鬼王是紅紅綠綠的衣裳，赤著腳；藍臉，上面又畫些魚鱗，也許是龍鱗或別的什麼鱗罷，我不大清楚。鬼卒拿著鋼叉，叉環振得琅琅地響，鬼王拿的是一塊小小的虎頭牌。據傳說，鬼王是只用一隻腳走路的；但他究竟是鄉下人，雖然臉上已經畫上些魚鱗或者別的什麼鱗，卻仍然只得用了兩隻腳走路。所以看客對於他們不很敬畏，也不大留心，除了唸佛老嫗和她的孫子們為面面圓到起見，也照例給他們一個"不勝屏營待命之至"的儀節。

至於我們——我相信：我和許多人——所最

願意看的，卻在活無常。他不但活潑而詼諧，單是那渾身雪白這一點，在紅紅綠綠中就有“鶴立雞群”之概。只要望見一頂白紙的高帽子和他手裡的破芭蕉扇的影子，大家就都有些緊張，而且高興起來了。

人民之於鬼物，惟獨與他最為稔熟，也最為親密，平時也常常可以遇見他。譬如城隍廟或東嶽廟中，大殿後面就有一間暗室，叫作“陰司間”，在才可辨色的昏暗中，塑著各種鬼：吊死鬼，跌死鬼，虎傷鬼，科場鬼，……而一進門口所看見的長而白的東西就是他。我雖然也曾瞻仰過一回這“陰司間”，但那時膽子小，沒有看明白。聽說他一手還拿著鐵索，因為他是勾攝生魂的使者。相傳樊江東嶽廟的“陰司間”的構造，本來是極其特別的：門口是一塊活板，人一進門，踏著活板的這一端，塑在那一端的他便撲過來，鐵索正套在你脖子上。後來嚇死了一個人，釘實了，所以在我幼小的時候，這就已不能動。

倘使要看個分明，那麼，《玉歷鈔傳》上就畫著他的像，不過《玉歷鈔傳》也有繁簡不同的本子的，倘是繁本，就一定有。身上穿的是斬衰凶服，腰間束的是草繩，腳穿草鞋，項掛紙錠；手上是破芭蕉扇，鐵索，算盤；肩膀是聳起的，頭髮卻披下來；眉眼的外梢都向下，像一個“八”字。頭上一頂長方帽，下大頂小，按比例一算，該有二尺來高罷；在正面，就是遺老遺少們所戴瓜皮小帽的綴一粒珠子或一塊寶石的地方，直寫著四個字道：“一見有喜。”有一種本子上，卻寫的是“你也來了”。這四個字，是有時也見於包公殿的匾額上的，至於他的帽上是何人所寫，他自己還是閻羅王，我可沒有研究出。

《玉歷鈔傳》上還有一種和活無常相對的鬼物，裝束也相仿，叫作“死有分”。這在迎神時候也有的，但名稱卻訛作死無常了，黑臉，黑衣，誰也不愛看。在“陰死間”裡也有的，胸口靠著牆壁，陰森森地站著；那才真真是“碰壁”。凡有進去燒香的人們，必須摩一摩他的脊樑，據說可以擺脫了晦氣；我小時也曾摩過這脊樑來，然而晦氣似乎終於沒有脫，——也許那時不摩，現在的晦氣還要重罷，這一節也還是沒有研究出。

我也沒有研究過小乘佛教的經典，但據耳食之談，則在印度的佛經裡，焰摩天是有的，牛首阿旁也有的，都在地獄裡做主任。至於勾攝生魂的使者的這無常先生，卻似乎於古無徵，耳所習聞的只有什麼“人生無常”之類的話。大概這意思傳到中國之後，人們便將他具象化了。這實在是我們中國人的創作。

然而人們一見他，為什麼就都有些緊張，而且高興起來呢？

凡有一處地方，如果出了文士學者或名流，他將筆頭一扭，就很容易變成“模範縣”。我的故鄉，在漢末雖曾經虞仲翔先生揄揚過，但是那究竟太早了，後來到底免不了產生所謂“紹興師爺”，不過也並非男女老小全是“紹興師爺”，別的“下等人”也不少。這些“下等人”，要他們發什麼“我們現在走的是一條狹窄險阻的小路，左面是一個廣漠無際的泥潭，右面也是一片廣漠無際的浮砂，前面是遙遙茫茫蔭在薄霧的裡面的目的地”那樣熱昏似的妙語，是辦不到的，可是在無意中，看得住這“蔭在薄霧的裡面的目的地”的道路很明白：求婚，結婚，養孩子，死亡。但這自然是專就我的故鄉而言，若是“模範縣”裡的人民，那當然又作別論。他們——敝同鄉“下等人”——的許多，活著，苦著，被流言，被反噬，因了積久的經驗，知道陽間維持“公理”的只有一個會，而且這會的本身就是“遙遙茫茫”，於是乎勢不得不發生對於陰間的神往。人是大抵自以為銜些冤抑的；活的“正人君子”們只能騙鳥，若問愚民，他就可以不假思索地回答你：公正的裁判是在陰間！

想到生的樂趣，生固然可以留戀；但想到生的苦趣，無常也不一定是惡客。無論貴賤，無論貧富，其時都是“一雙空手見閻王”，有冤的得伸，有罪的就得罰。然而雖說是“下等人”，也何嘗沒有反省？自己做了一世人，又怎麼樣呢？未曾“跳到半天空”麼？沒有“放冷箭”麼？無常的手裡就拿著大算盤，你擺盡臭架子也無益。對付別人要滴水不羼的公理，對自己總還不如雖在陰司裡也還能夠尋到一點私情。然而那又究竟是陰間，閻羅天子，牛首阿旁，還有中國人自己想出來的馬面，都是並不兼差，真正主持公理的腳色，雖然他們並沒有在報上發表過什麼大文章。當還未做鬼之前，有時先不欺心的人們，遙想著將來，就又不能不想在整塊的公理中，來尋一點情面的末屑，這時候，我們的活無常先生便見得可親愛了，利中取大，害中取小，我們的古哲墨翟先生謂之“小取”云。

在廟裡泥塑的，在書上墨印的模樣上，是看不出他那可愛來的。最好是去看戲。但看普通的戲也不行，必須看“大戲”或者“目連戲”。目連戲的熱鬧，張岱在《陶庵夢憶》上也曾誇張過，說是要連演兩三天。在我幼小時候可已經不然了，也如大戲一樣，始於黃昏，到次日的天明便完結。這都是敬神禳災的演劇，全本裡一定有一個惡人，次日的將近天明便是這惡人的收場的時候，“惡貫滿盈”，閻王出票來勾攝了，於是乎這活的活無常便在戲台上出現。

我還記得自己坐在這一種戲台下的船上的情形，看客的心情和普通是兩樣的。平常愈夜深愈懶散，這時卻愈起勁。他所戴的紙糊的高帽子，本來是掛在台角上的，這時預先拿進去了；一種特別樂器，也準備使勁地吹。這樂器好像喇叭，細而長，可有七八尺，大約是鬼物所愛聽的罷，和鬼無關的時候就不用；吹起來，Nhatu, nhatu, nhatututuu 地響，所以我們叫它“目連嗐頭”。

在許多人期待著惡人的沒落的凝望中，他出來了，服飾比畫上還簡單，不拿鐵索，也不帶算盤，就是雪白的一條莽漢，粉面朱唇，眉黑如漆，蹙著，不知道是在笑還是在哭。但他一出台就須打一百零八個嚏，同時也放一百零八個屁，這才自述他的履歷。可惜我記不清楚了，其中有一段大概是這樣：

……………………

大王出了牌票，叫我去拿隔壁的癩子。

問了起來呢，原來是我堂房的阿姪。

生的是什麼病？傷寒，還帶痢疾。

看的是什麼郎中？下方橋的陳念義 la 兒子。

開的是怎樣的藥方？附子，肉桂，外加牛膝。

第一煎吃下去，冷汗發出；

第二煎吃下去，兩腳筆直。

我道 nga 阿嫂哭得悲傷，暫放他還陽半刻。

大王道我是得錢買放，就將我捆打四十！

這敘述裡的“子”字都讀作入聲。陳念義是越中的名醫，俞仲華曾將他寫入《蕩寇志》裡，擬為神仙；可是一到他的令郎，似乎便不大高明了。la者“的”也；“兒”讀若“倪”，倒是古音罷；nga者，“我的”或“我們的”之意也。

他口裡的閻羅天子彷彿也不大高明，竟會誤解他的人格，——不，鬼格。但連“還陽半刻”都知道，究竟還不失其“聰明正直之謂神”。不過這懲罰，卻給了我們的活無常以不可磨滅的冤苦的印象，一提起，就使他更加蹙緊雙眉，捏定破芭蕉扇，臉向著地，鴨子浮水似的跳舞起來。

Nhatu, nhatu, nhatu-nhatu-nhatututuu！目連嗐頭也冤苦不堪似的吹著。

他因此決定了：

> 難是弗放者箇！
> 那怕你，銅牆鐵壁！
> 那怕你，皇親國戚！
> …………

“難”者，“今”也；“者箇”者，“的了”之意，詞之決也。“雖有忮心，不怨飄瓦”，他現在毫不留情了，然而這是受了閻羅老子的督責之故，不得已也。一切鬼眾中，就是他有點人情；我們不變鬼則已，如果要變鬼，自然就只有他可以比較的相親近。

我至今還確鑿記得，在故鄉時候，和“下等人”一同，常常這樣高興地正視過這鬼而人，理而情，可怖而可愛的無常；而且欣賞他臉上的哭或笑，口頭的硬語與諧談……。

迎神時候的無常，可和演劇上的又有些不同了。他只有動作，沒有言語，跟定了一個捧著一盤飯菜的小丑似的腳色走，他要去吃；他卻不給他。另外還加添了兩名腳色，就是“正人君子”之所謂“老婆兒女”。凡“下等人”，都有一種通病：常喜歡以己之所欲，施之於人。雖是對於鬼，也不肯給他孤寂，凡有鬼神，大概總要給他們一對一對地配起來。無常也不在例外。所以，一個是漂亮的女人，只是很有些村婦樣，大家都稱她無常嫂；這樣看來，無常是和我們平輩的，無怪他不擺教授先生的架子。一個是小孩子，小高帽，小白衣；雖然小，兩肩卻已經聳起了，眉目的外梢也向下。這分明是無常少爺了，大家卻叫他阿領，對於他似乎都不很表敬意；猜起來，彷彿是無常嫂的前夫之子似的。但不知何以相貌又和無常有這麼像？吁！鬼神之事，難言之矣，只得姑且置之弗論。至於無常何以沒有親兒女，到今年可很容易解釋了：鬼神能前知，他怕兒女一多，愛說閒話的就要旁敲側擊地鍛成他拿盧布，所以不但研究，還早已實行了"節育"了。

這捧著飯菜的一幕，就是"送無常"。因為他是勾魂使者，所以民間凡有一個人死掉之後，就得用酒飯恭送他。至於不給他吃，那是賽會時候的開玩笑，實際上並不然。但是，和無常開玩笑，是大家都有此意的，因為他爽直，愛發議論，有人情，——要尋真實的朋友，倒還是他妥當。

有人說，他是生人走陰，就是原是人，夢中卻入冥去當差的，所以很有些人情。我還記得住在離我家不遠的小屋子裡的一個男人，便自稱是"走無常"，門外常常燃著香燭。但我看他臉上的鬼氣反而多。莫非入冥做了鬼，倒會增加人氣的麼？吁！鬼神之事，難言之矣，這也只得姑且置之弗論了。

六月二十三日。

從百草園到三味書屋

我家的後面有一個很大的園，相傳叫作百草園。現在是早已併屋子一起賣給朱文公的子孫了，連那最末次的相見也已經隔了七八年，其中似乎確鑿只有一些野草；但那時卻是我的樂園。

不必說碧綠的菜畦，光滑的石井欄，高大的皂莢樹，紫紅的桑椹；也不必說鳴蟬在樹葉裡長吟，肥胖的黃蜂伏在菜花上，輕捷的叫天子（雲雀）忽然從草間直竄向雲霄裡去了。單是周圍的短短的泥牆根一帶，就有無限趣味。油蛉在這裡低唱，蟋蟀們在這裡彈琴。翻開斷磚來，有時會遇見蜈蚣；還有斑蝥，倘若用手指按住它的脊樑，便會拍的一聲，從後竅噴出一陣煙霧。何首烏藤和木蓮藤纏絡著，木蓮有蓮房一般的果實，何首烏有擁腫的根。有人說，何首烏根是有像人形的，吃了便可以成仙，我於是常常拔它起來，牽連不斷地拔起來，也曾因此弄壞了泥牆，卻從來沒有見過有一塊根像人樣。如果不怕刺，還可以摘到覆盆子，像小珊瑚珠攢成的小球，又酸又甜，色味都比桑椹要好得遠。

長的草裡是不去的，因為相傳這園裡有一條很大的赤練蛇。

長媽媽曾經講給我一個故事聽：先前，有一個讀書人住在古廟裡用功，晚間，在院子裡納涼的時候，突然聽到有人在叫他。答應著，四面看時，卻見一個美女的臉露在牆頭上，向他一笑，隱去了。他很高興；但竟給那走來夜談的老和尚識破了機關。說他臉上有些妖氣，一定遇見"美女蛇"了；這是人首蛇身的怪物，能喚人名，倘一答應，夜間便要來吃這人的肉的。他自然嚇得要死，而那老和尚卻道無妨，給他一個小盒子，說只要放在枕邊，便可高枕而臥。他雖然照樣辦，卻總是睡不著，—— 當然睡不著的。到半夜，果然來了，沙沙沙！門外像是風雨聲。他正抖作一團時，卻聽得豁的一聲，一道金光從枕邊飛出，外面便什麼聲音也沒有了，那金光也就飛回來，斂在盒子裡。後來呢？後來，老和尚說，這是飛蜈蚣，它能吸蛇的腦髓，美女蛇就被它治死了。

結末的教訓是：所以倘有陌生的聲音叫你的名字，你萬不可答應他。

這故事很使我覺得做人之險，夏夜乘涼，往往有些擔心，不敢去看牆上，而且極想得到一盒老和尚那樣的飛蜈蚣。走到百草園的草叢旁邊時，也常常這樣想。但直到現在，總還是沒有得到，但也沒有遇見過赤練蛇和美女蛇。叫我名字的陌生聲音自然是常有的，然而都不是美女蛇。

冬天的百草園比較的無味；雪一下，可就兩樣了。拍雪人（將自己的全形印在雪上）和塑雪羅漢需要人們鑑賞，這是荒園，人跡罕至，所以不相宜，只好來捕鳥。薄薄的雪，是不行的；總須積雪蓋了地面一兩天，鳥雀們久已無處覓食的時候才好。掃開一塊雪，露出地面，用一支短棒支起一面大的竹篩來，下面撒些秕穀，棒上繫一條長繩，人遠遠地牽著，看鳥雀下來啄食，走到竹篩底下的時候，將繩子一拉，便罩住了。但所得的是麻雀居多，也有白頰的“張飛鳥”，性子很躁，養不過夜的。

這是閏土的父親所傳授的方法，我卻不大能用。明明見它們進去了，拉了繩，跑去一看，卻什麼都沒有，費了半天力，捉住的不過三四隻。閏土的父親是小半天便能捕獲幾十隻，裝在叉袋裡叫著撞著的。我曾經問他得失的緣由，他只靜靜地笑道：你太性急，來不及等它走到中間去。

我不知道為什麼家裡的人要將我送進書塾裡去了，而且還是全城中稱為最嚴厲的書塾。也許是因為拔何首烏毀了泥牆罷，也許是因為將磚頭拋到間壁的梁家去了罷，也許是因為站在石井欄上跳了下來罷，……都無從知道。總而言之：我將不能常到百草園了。Ade，我的蟋蟀們！Ade，我的覆盆子們和木蓮們！……

出門向東，不上半里，走過一道石橋，便是我的先生的家了。從一扇黑油的竹門進去，第三間是書房。中間掛著一塊匾道：三味書屋；匾下面是一幅畫，畫著一隻很肥大的梅花鹿伏在古樹下。沒有孔子牌位，我們便對著那匾和鹿行禮。第一次算是拜孔子，第二次算是拜先生。

第二次行禮時，先生便和藹地在一旁答禮。他是一個高而瘦的老人，鬚髮都花白了，還戴著大眼鏡。我對他很恭敬，因為我早聽到，他是本城中極方正，質樸，博學的人。

不知從哪裡聽來的，東方朔也很淵博，他認識一種蟲，名曰"怪哉"，冤氣所化，用酒一澆，就消釋了。我很想詳細地知道這故事，但阿長是不知道的，因為她畢竟不淵博。現在得到機會了，可以問先生。

“先生，‘怪哉’這蟲，是怎麼一回事？……”我上了生書，將要退下來的時候，趕忙問。

“不知道！”他似乎很不高興，臉上還有怒色了。

我才知道做學生是不應該問這些事的，只要讀書，因為他是淵博的宿儒，決不至於不知道，所謂不知道者，乃是不願意說。年紀比我大的人，往往如此，我遇見過好幾回了。

我就只讀書，正午習字，晚上對課。先生最初這幾天對我很嚴厲，後來卻好起來了，不過給我讀的書漸漸加多，對課也漸漸地加上字去，從三言到五言，終於到七言。

三味書屋後面也有一個園，雖然小，但在那裡也可以爬上花壇去折蠟梅花，在地上或桂花樹上尋蟬蛻。最好的工作是捉了蒼蠅餵螞蟻，靜悄悄地沒有聲音。然而同窗們到園裡的太多，太久，可就不行了，先生在書房裡便大叫起來：

“人都到哪裡去了?!”

人們便一個一個陸續走回去；一同回去，也不行的。他有一條戒尺，但是不常用，也有罰跪的規則，但也不常用，普通總不過瞪幾眼，大聲道：

"讀書！"

於是大家放開喉嚨讀一陣書，真是人聲鼎沸。有唸"仁遠乎哉我欲仁斯仁至矣"的，有唸"笑人齒缺曰狗竇大開"的，有唸"上九潛龍勿用"的，有唸"厥土下上上錯厥貢苞茅橘柚"的……。先生自己也唸書。後來，我們的聲音便低下去，靜下去了，只有他還大聲朗讀著：

"鐵如意，指揮倜儻，一座皆驚呢～～；金叵羅，顛倒淋漓噫，千杯未醉嗬～～……。"

我疑心這是極好的文章，因為讀到這裡，他總是微笑起來，而且將頭仰起，搖著，向後面拗過去，拗過去。

先生讀書入神的時候，於我們是很相宜的。有幾個便用紙糊的盔甲套在指甲上做戲。我是畫畫兒，用一種叫作"荊川紙"的，蒙在小說的繡像上一個個描下來，像習字時候的影寫一樣。讀的書多起來，畫的畫也多起來；書沒有讀成，畫的成績卻不少了，最成片段的是《蕩寇志》和《西遊記》的繡像，都有一大本。後來，因為要錢用，賣給一個有錢的同窗了。他的父親是開錫箔店的；聽說現在自己已經做了店主，而且快要升到紳士的地位了。這東西早已沒有了罷。

九月十八日。

父親的病

大約十多年前罷，S 城中曾經盛傳過一個名醫的故事：

他出診原來是一元四角，特拔十元，深夜加倍，出城又加倍。有一夜，一家城外人家的閨女生急病，來請他了，因為他其時已經闊得不耐煩，便非一百元不去。他們只得都依他。待去時，卻只是草草地一看，說道“不要緊的”，開一張方，拿了一百元就走。那病家似乎很有錢，第二天又來請了。他一到門，只見主人笑面承迎，道，“昨晚服了先生的藥，好得多了，所以再請你來覆診一回”。仍舊引到房裡，老媽子便將病人的手拉出帳外來。他一按，冷冰冰的，也沒有脈，於是點點頭道，“唔，這病我明白了”。從從容容走到桌前，取了藥方紙，提筆寫道：

“憑票付英洋壹百元正。”下面是署名，畫押。

“先生，這病看來很不輕了，用藥怕還得重一點罷。”主人在背後說。

"可以，" 他說。於是另開了一張方：

"憑票付英洋貳百元正。"下面仍是署名，畫押。

這樣，主人就收了藥方，很客氣地送他出來了。

我曾經和這名醫周旋過兩整年，因為他隔日一回，來診我的父親的病。那時雖然已經很有名，但還不至於闊得這樣不耐煩；可是診金卻已經是一元四角。現在的都市上，診金一次十元並不算奇，可是那時是一元四角已是巨款，很不容易張羅的了；又何況是隔日一次。他大概的確有些特別，據輿論說，用藥就與眾不同。我不知道藥品，所覺得的，就是"藥引"的難得，新方一換，就得忙一大場。先買藥，再尋藥引。"生薑"兩片，竹葉十片去尖，他是不用的了。起碼是蘆根，須到河邊去掘；一到經霜三年的甘蔗，便至少也得搜尋兩三天。可是說也奇怪，大約後來總沒有購求不到的。

據輿論說，神妙就在這地方。先前有一個病人，百藥無效；待到遇見了什麼葉天士先生，只在舊方上加了一味藥引：梧桐葉。只一服，便霍然而癒了。"醫者，意也。"其時是秋天，而梧桐先知秋氣。其先百藥不投，今以秋氣動之，以氣感氣，所以……。我雖然並不了然，但也十分佩服，知道凡有靈藥，一定是很不容易得到的，求仙的人，甚至於還要拚了性命，跑進深山裡去採呢。

這樣有兩年，漸漸地熟識，幾乎是朋友了。父親的水腫是逐日利害，將要不能起床；我對於經霜三年的甘蔗之流也逐漸失了信仰，採辦藥引似乎再沒有先前一般踴躍了。正在這時候，他有一天來診，問過病狀，便極其誠懇地說：

"我所有的學問，都用盡了。這裡還有一位陳蓮河先生，本領比我高。我薦他來看一看，我可以寫一封信。可是，病是不要緊的，不過經他的手，可以格外好得快……。"

這一天似乎大家都有些不歡，仍然由我恭敬地送他上轎。進來時，看見父親的臉色很異樣，和大家談論，大意是說自己的病大概沒有希望的了；他因為看了兩年，毫無效驗，臉又太熟了，未免有些難以為情，所以等到危急時候，便薦一個生手自代，和自己完全脫了干係。但另外有什麼法子呢？本城的名醫，除他之外，實在也只有一個陳蓮河了。明天就請陳蓮河。

陳蓮河的診金也是一元四角。但前回的名醫的臉是圓而胖的，他卻長而胖了：這一點頗不同。還有用藥也不同，前回的名醫是一個人還可以辦的，這一回卻是一個人有些辦不妥帖了，因為他一張藥方上，總兼有一種特別的丸散和一種奇特的藥引。

蘆根和經霜三年的甘蔗，他就從來沒有用過。最平常的是"蟋蟀一對"，旁注小字道："要原配，即本在一窠中者。"似乎昆蟲也要貞節，續弦或再醮，連做藥資格也喪失了。但這差使在我並不為難，走進百草園，十對也容易得，將它們用線一縛，活活地擲入沸湯中完事。然而還有"平地木十株"呢，這可誰也不知道是什麼東西了，問藥店，問鄉下人，問賣草藥的，問老年人，問讀書人，問木匠，都只是搖搖頭，臨末才記起了那遠房的叔祖，愛種一點花木的老人，跑去一問，他果然知道，是生在山中樹下的一種小樹，能結紅子如小珊瑚珠的，普通都稱為"老弗大"。

"踏破鐵鞋無覓處，得來全不費工夫。"藥引尋到了，然而還有一種特別的丸藥：敗鼓皮丸。這"敗鼓皮丸"就是用打破的舊鼓皮做成；水腫一名鼓脹，一用打破的鼓皮自然就可以剋伏他。清朝的剛毅因為憎恨"洋鬼子"，預備打他們，練了些兵稱作"虎神營"，取虎能食羊，神能伏鬼的意思，也就是這道理。可惜這一種神藥，全城中只有一家出售的，離我家就有五里，但這卻不像平地木那樣，必須暗中摸索了，陳蓮河先生開方之後，就懇切詳細地給我們說明。

"我有一種丹，" 有一回陳蓮河先生說，"點在舌上，我想一定可以見效。因為舌乃心之靈苗……。價錢也並不貴，只要兩塊錢一盒……"。

我父親沉思了一會，搖搖頭。

"我這樣用藥還會不大見效，" 有一回陳蓮河先生又說，"我想，可以請人看一看，可有什麼冤愆……。醫能醫病，不能醫命，對不對？自然，這也許是前世的事……"。

我的父親沉思了一會，搖搖頭。

凡國手，都能夠起死回生的，我們走過醫生的門前，常可以看見這樣的匾額。現在是讓步一點了，連醫生自己也說道："西醫長於外科，中醫長於內科。" 但是 S 城那時不但沒有西醫，並且誰也還沒有想到天下有所謂西醫，因此無論什麼，都只能由軒轅岐伯的嫡派門徒包辦。軒轅時候是巫醫不分的，所以直到現在，他的門徒就還見鬼，而且覺得"舌乃心之靈苗"。這就是中國人的"命"，連名醫也無從醫治的。

不肯用靈丹點在舌頭上，又想不出"冤愆"來，自然，單吃了一百多天的"敗鼓皮丸"有什麼用呢？依然打不破水腫，父親終於躺在床上喘氣了。還請一回陳蓮河先生，這回是特拔，大洋十元。他仍舊泰然的開了一張方，但已停止敗鼓皮丸不用，藥引也不很神妙了，所以只消半天，藥就煎好，灌下去，卻從口角上回了出來。

從此我便不再和陳蓮河先生周旋，只在街上有時看見他坐在三名轎夫的快轎裡飛一般抬過；聽說他現在還康健，一面行醫，一面還做中醫什麼學報，正在和只長於外科的西醫奮鬥哩。

中西的思想確乎有一點不同。聽說中國的孝子們，一到將要"罪孽深重禍延父母"的時候，就買幾斤人參，煎湯灌下去，希望父母多喘幾天氣，即使半天也好。我的一位教醫學的先生卻教給我醫生的職務道：可醫的應該給他醫治，不可醫的應該給他死得沒有痛苦。——但這先生自然是西醫。

父親的喘氣頗長久，連我也聽得很吃力，然而誰也不能幫助他。我有時竟至於電光一閃似的想道："還是快一點喘完了罷……。"立刻覺得這思想就不該，就是犯了罪；但同時又覺得這思想實在是正當的，我很愛我的父親。便是現在，也還是這樣想。

早晨，住在一門裡的衍太太進來了。她是一個精通禮節的婦人，說我們不應該空等著。於是給他換衣服；又將紙錠和一種什麼《高王經》燒成灰，用紙包了給他捏在拳頭裡……。

"叫呀，你父親要斷氣了。快叫呀！"衍太太說。

"父親！父親！"我就叫起來。

"大聲！他聽不見。還不快叫？！"

"父親！！！父親！！！"

他已經平靜下去的臉，忽然緊張了，將眼微微一睜，彷彿有一些苦痛。

"叫呀！快叫呀！"她催促說。

"父親！！！"

"什麼呢？……不要嚷。……不……。"他低低地說，又較急地喘著氣，好一會，這才復了原狀，平靜下去了。

"父親！！！"我還叫他，一直到他咽了氣。

我現在還聽到那時的自己的這聲音，每聽到

時，就覺得這卻是我對於父親的最大的錯處。

十月七日。

瑣記

衍太太現在是早經做了祖母，也許竟做了曾祖母了；那時卻還年青，只有一個兒子比我大三四歲。她對自己的兒子雖然狠，對別家的孩子卻好的，無論鬧出什麼亂子來，也決不去告訴各人的父母，因此我們就最願意在她家裡或她家的四近玩。

舉一個例說罷，冬天，水缸裡結了薄冰的時候，我們大清早起一看見，便吃冰。有一回給沈四太太看到了，大聲說道："莫吃呀，要肚子疼的呢！"這聲音又給我母親聽到了，跑出來我們都挨了一頓罵，並且有大半天不准玩。我們推論禍首，認定是沈四太太，於是提起她就不用尊稱了，給她另外起了一個綽號，叫作"肚子疼"。

衍太太卻決不如此。假如她看見我們吃冰，一定和藹地笑著說，"好，再吃一塊。我記著，看誰吃的多"。

但我對於她也有不滿足的地方。一回是很早的時候了，我還很小，偶然走進她家去，她正在和她的男人看書。我走近去，她便將書塞在我的眼前道，“你看，你知道這是什麼？”我看那書上畫著房屋，有兩個人光著身子彷彿在打架，但又不很像。正遲疑間，他們便大笑起來了。這使我很不高興，似乎受了一個極大的侮辱，不到那裡去大約有十多天。一回是我已經十多歲了，和幾個孩子比賽打旋子，看誰旋得多。她就從旁計著數，說道，“好，八十二個了！再旋一個，八十三！好，八十四……”但正在旋著的阿祥，忽然跌倒了，阿祥的嬸母也恰恰走進來。她便接著說道，“你看，不是跌了麼？不聽我的話。我叫你不要旋，不要旋……”。

雖然如此，孩子們總還喜歡到她那裡去。假如頭上碰得腫了一大塊的時候，去尋母親去罷，好的是罵一通，再給擦一點藥；壞的是沒有藥擦，還添幾個栗鑿和一通罵。衍太太卻決不埋怨，立刻給你用燒酒調了水粉，搽在疙瘩上，說這不但止痛，將來還沒有瘢痕。

父親故去之後，我也還常到她家裡去，不過已不是和孩子們玩耍了，卻是和衍太太或她的男人談閒天。我其時覺得很有許多東西要買，看的和吃的，只是沒有錢。有一天談到這裡，她便說道，“母親的錢，你拿來用就是了，還不就是你的麼？”我說母親沒有錢，她就說可以拿首飾去變賣；我說沒有首飾，她卻道，“也許你沒有留心。到大廚的抽屜裡，角角落落去尋去，總可以尋出一點珠子這類東西……”。

這些話我聽去似乎很異樣，便又不到她那裡去了，但有時又真想去打開大廚，細細地尋一尋。大約此後不到一月，就聽到一種流言，說我已經偷了家裡的東西去變賣了，這實在使我覺得有如掉在冷水裡。流言的來源，我是明白的，倘是現在，只要有地方發表，我總要罵出流言家的狐狸尾巴來，但那時太年青，一遇流言，便連自己也彷彿覺得真是犯了罪，怕遇見人們的眼睛，怕受到母親的愛撫。

好。那麼，走罷！

但是，哪裡去呢？S 城人的臉早經看熟，如此而已，連心肝也似乎有些了然。總得尋別一類人們去，去尋為 S 城人所詬病的人們，無論其為畜生或魔鬼。那時為全城所笑罵的是一個開得不久的學校，叫作中西學堂，漢文之外，又教些洋文和算學。然而已經成為眾矢之的了；熟讀聖賢書的秀才們，還集了《四書》的句子，做一篇八股來嘲誚它，這名文便即傳遍了全城，人人當作有趣的話柄。我只記得那“起講”的開頭是：

> 徐子以告夷子曰：吾聞用夏變夷者，未聞變於夷者也。今也不然：鴂舌之音，聞其聲，皆雅言也。……

以後可忘卻了，大概也和現今的國粹保存大家的議論差不多。但我對於這中西學堂，卻也不滿足，因為那裡面只教漢文，算學，英文和法文。功課較為別致的，還有杭州的求是書院，然而學費貴。

無須學費的學校在南京，自然只好往南京去。第一個進去的學校，目下不知道稱為什麼了，光復以後，似乎有一時稱為雷電學堂，很像《封神榜》上“太極陣”“混元陣”一類的名目。總之，一進儀鳳門，便可以看見它那二十丈高的桅杆和不知多高的煙通。功課也簡單，一星期中，幾乎四整天是英文：“It is a cat.” “Is it a rat?” 一整天是讀漢文：“君子曰，潁考叔可謂純孝也已矣，愛其母，施及莊公。”一整天是做漢文：《知己知彼百戰百勝論》，

《穎考叔論》，《雲從龍風從虎論》，《咬得菜根則百事可做論》。

初進去當然只能做三班生，臥室裡是一桌一凳一床，床板只有兩塊。頭二班學生就不同了，二桌二凳或三凳一床，床板多至三塊。不但上講堂時挾著一堆厚而且大的洋書，氣昂昂地走著，決非只有一本"潑賴媽"和四本《左傳》的三班生所敢正視；便是空著手，也一定將肘彎撐開，像一隻螃蟹，低一班的在後面總不能走出他之前。這一種螃蟹式的名公巨卿，現在都闊別得很久了，前四五年，竟在教育部的破腳躺椅上，發見了這姿勢，然而這位老爺卻並非雷電學堂出身的，可見螃蟹態度，在中國也頗普遍。

可愛的是桅杆。但並非如"東鄰"的"支那通"所說，因為它"挺然翹然"，又是什麼的象徵。乃是因為它高，烏鴉喜鵲，都只能停在它的半途的木盤上。人如果爬到頂，便可以近看獅子山，遠眺莫愁湖，——但究竟是否真可以眺得那麼遠，我現在可委實有點記不清楚了。而且不危險，下面張著網，即使跌下來，也不過如一條小魚落在網子裡；況且自從張網以後，聽說也還沒有人曾經跌下來。

原先還有一個池，給學生學游泳的，這裡面卻淹死了兩個年幼的學生。當我進去時，早填平了，不但填平，上面還造了一所小小的關帝廟。廟旁是一座焚化字紙的磚爐，爐口上方橫寫著四個大字道："敬惜字紙"。只可惜那兩個淹死鬼失了池子，難討替代，總在左近徘徊，雖然已有"伏魔大帝關聖帝君"鎮壓著。辦學的人大概是好心腸的，所以每年七月十五，總請一群和尚到雨天操場來放焰口，一個紅鼻而胖的大和尚戴上毗盧帽，捏訣，唸咒："迴資囉，普彌耶吽！唵耶吽！唵！耶！吽！！！"

我的前輩同學被關聖帝君鎮壓了一整年，就只在這時候得到一點好處，——雖然我並不深知是怎樣的好處。所以當這些時，我每每想：做學生總得自己小心些。

總覺得不大合適，可是無法形容出這不合適來。現在是發見了大致相近的字眼了，"烏煙瘴氣"，庶幾乎其可也。只得走開。近來是單是走開也就不容易，"正人君子"者流會說你罵人罵到了聘書，或者是發"名士"脾氣，給你幾句正經的俏皮話。不過那時還不打緊，學生所得的津貼，第一年不過二兩銀子，最初三個月的試習期內是零用五百文。於是毫無問題，去考礦路學堂去了，也許是礦路學堂，已經有些記不真，文憑又不在手頭，更無從查考。試驗並不難，錄取的。

這回不是 It is a cat 了，是 Der Mann, Das Weib, Das Kind。漢文仍舊是"潁考叔可謂純孝也已矣"，但外加《小學集註》。論文題目也小有不同，譬如《工欲善其事必先利其器論》，是先前沒有做過的。

此外還有所謂格致，地學，金石學，……都非常新鮮。但是還得聲明：後兩項，就是現在之所謂地質學和礦物學，並非講輿地和鐘鼎碑版的。只是畫鐵軌橫斷面圖卻有些麻煩，平行線尤其討厭。但第二年的總辦是一個新黨，他坐在馬車上的時候大抵看著《時務報》，考漢文也自己出題目，和教員出的很不同。有一次是《華盛頓論》，漢文教員反而惴惴地來問我們道："華盛頓是什麼東西呀？……"

看新書的風氣便流行起來，我也知道了中國有一部書叫《天演論》。星期日跑到城南去買了來，白紙石印的一厚本，價五百文正。翻開一看，是寫得很好的字，開首便道：

赫胥黎獨處一室之中，在英倫之南，背山而面野，檻外諸境，歷歷如在機下。乃懸想二千年前，當羅馬大將愷徹未到時，此間有何景物？計惟有天造草昧……

哦！原來世界上竟還有一個赫胥黎坐在書房裡那麼想，而且想得那麼新鮮？一口氣讀下去，"物競""天擇"也出來了，蘇格拉第，柏拉圖也出來了，斯多噶也出來了。學堂裡又設立了一個閱報處，《時務報》不待言，還有《譯學彙編》，那書面上的張廉卿一流的四個字，就藍得很可愛。

"你這孩子有點不對了，拿這篇文章去看去，抄下來去看去。"一位本家的老輩嚴肅地對我說，而且遞過一張報紙來。接來看時，"臣許應騤跪奏……"，那文章現在是一句也不記得了，總之是參康有為變法的；也不記得可曾抄了沒有。

仍然自己不覺得有什麼"不對"，一有閒空，就照例地吃侉餅，花生米，辣椒，看《天演論》。

但我們也曾經有過一個很不平安的時期。那是第二年，聽說學校就要裁撤了。這也無怪，這學堂的設立，原是因為兩江總督（大約是劉坤一罷）聽到青龍山的煤礦出息好，所以開手的。待到開學時，煤礦那面卻已將原先的技師辭退，換了一個不甚了然的人了。理由是：一、先前的技師薪水太貴；二、他們覺得開煤礦並不難。於是不到一年，就連煤在那裡也不甚了然起來，終於是所得的煤，只能供燒那兩架抽水機之用，就是抽了水掘煤，掘出煤來抽水，結一筆出入兩清的賬。既然開礦無利，礦路學堂自然也就無須乎開了，但是不知怎的，卻又並不裁撤。到第三年我們下礦洞去看的時候，情形實在頗淒涼，抽水機當然還在轉動，礦洞裡積水卻有半尺深，上面也點滴而下，幾個礦工便在這裡面鬼一般工作著。

畢業，自然大家都盼望的，但一到畢業，卻又有些爽然若失。爬了幾次桅，不消說不配做半個水兵；聽了幾年講，下了幾回礦洞，就能掘出金銀銅鐵錫來麼？實在連自己也茫無把握，沒有做《工欲善其事必先利其器論》的那麼容易。爬上天空二十丈和鑽下地面二十丈，結果還是一無所能，學問是"上窮碧落下黃泉，兩處茫茫皆不見"了。所餘的還只有一條路：到外國去。

留學的事，官僚也許可了，派定五名到日本

去。其中的一個因為祖母哭得死去活來，不去了，只剩了四個。日本是同中國很兩樣的，我們應該如何準備呢？有一個前輩同學在，比我們早一年畢業，曾經遊歷過日本，應該知道些情形。跑去請教之後，他鄭重地說：

“日本的襪是萬不能穿的，要多帶些中國襪。我看紙票也不好，你們帶去的錢不如都換了他們的現銀。”

四個人都說遵命。別人不知其詳，我是將錢都在上海換了日本的銀元，還帶了十雙中國襪——白襪。

後來呢？後來，要穿制服和皮鞋，中國襪完全無用；一元的銀圓日本早已廢置不用了，又賠錢換了半元的銀圓和紙票。

十月八日。

藤野先生

東京也無非是這樣。上野的櫻花爛熳的時節，望去確也像緋紅的輕雲，但花下也缺不了成群結隊的"清國留學生"的速成班，頭頂上盤著大辮子，頂得學生制帽的頂上高高聳起，形成一座富士山。也有解散辮子，盤得平的，除下帽來，油光可鑑，宛如小姑娘的髮髻一般，還要將脖子扭幾扭。實在標致極了。

中國留學生會館的門房裡有幾本書買，有時還值得去一轉；倘在上午，裡面的幾間洋房裡倒也還可以坐坐的。但到傍晚，有一間的地板便常不免要咚咚咚地響得震天，兼以滿房煙塵斗亂；問問精通時事的人，答道，"那是在學跳舞"。

到別的地方去看看，如何呢？

我就往仙台的醫學專門學校去。從東京出發，不久便到一處驛站，寫道：日暮里。不知怎地，我到現在還記得這名目。其次卻只記得水戶了，這是明的遺民朱舜水先生客死的地方。仙台是一個市鎮，並不大；冬天冷得利害；還沒有中國的學生。

大概是物以希為貴罷。北京的白菜運往浙江，便用紅頭繩繫住菜根，倒掛在水果店頭，尊為“膠菜”；福建野生著的蘆薈，一到北京就請進溫室，且美其名曰“龍舌蘭”。我到仙台也頗受了這樣的優待，不但學校不收學費，幾個職員還為我的食宿操心。我先是住在監獄旁邊一個客店裡的，初冬已經頗冷，蚊子卻還多，後來用被蓋了全身，用衣服包了頭臉，只留兩個鼻孔出氣。在這呼吸不息的地方，蚊子竟無從插嘴，居然睡安穩了。飯食也不壞。但一位先生卻以為這客店也包辦囚人的飯食，我住在那裡不相宜，幾次三番，幾次三番地說。我雖然覺得客店兼辦囚人的飯食和我不相干，然而好意難卻，也只得別尋相宜的住處了。於是搬到別一家，離監獄也很遠，可惜每天總要喝難以下咽的芋梗湯。

從此就看見許多陌生的先生，聽到許多新鮮的講義。解剖學是兩個教授分任的。最初是骨學。其時進來的是一個黑瘦的先生，八字鬚，戴著眼鏡，挾著一疊大大小小的書。一將書放在講台上，便用了緩慢而很有頓挫的聲調，向學生介紹自己道：

"我就是叫作藤野嚴九郎的……。"

後面有幾個人笑起來了。他接著便講述解剖學在日本發達的歷史，那些大大小小的書，便是從最初到現今關於這一門學問的著作。起初有幾本是線裝的；還有翻刻中國譯本的，他們的翻譯和研究新的醫學，並不比中國早。

那坐在後面發笑的是上學年不及格的留級學生，在校已經一年，掌故頗為熟悉的了。他們便給新生講演每個教授的歷史。這藤野先生，據說是穿衣服太模糊了，有時竟會忘記帶領結；冬天是一件舊外套，寒顫顫的，有一回上火車去，致使管車的疑心他是扒手，叫車裡的客人大家小心些。

他們的話大概是真的，我就親見他有一次上講堂沒有帶領結。

過了一星期，大約是星期六，他使助手來叫我了。到得研究室，見他坐在人骨和許多單獨的頭骨中間，——他其時正在研究著頭骨，後來有一篇論文在本校的雜誌上發表出來。

"我的講義，你能抄下來麼？"他問。

"可以抄一點。"

"拿來我看！"

我交出所抄的講義去，他收下了，第二三天便還我，並且說，此後每一星期要送給他看一回。我拿下來打開看時，很吃了一驚，同時也感到一種不安和感激。原來我的講義已經從頭到末，都用紅筆添改過了，不但增加了許多脫漏的地方，連文法的錯誤，也都一一訂正。這樣一直繼續到教完了他所擔任的功課：骨學，血管學，神經學。

可惜我那時太不用功，有時也很任性。還記得有一回藤野先生將我叫到他的研究室裡去，翻出我那講義上的一個圖來，是下臂的血管，指著，向我和藹的說道：

"你看，你將這條血管移了一點位置了。——自然，這樣一移，的確比較的好看些，然而解剖圖不是美術，實物是那麼樣的，我們沒法改換它。現在我給你改好了，以後你要全照著黑板上那樣的畫。"

但是我還不服氣，口頭答應著，心裡卻想道：

"圖還是我畫的不錯；至於實在的情形，我心裡自然記得的。"

學年試驗完畢之後，我便到東京玩了一夏天，秋初再回學校，成績早已發表了，同學一百餘人之中，我在中間，不過是沒有落第。這回藤野先生所擔任的功課，是解剖實習和局部解剖學。

解剖實習了大概一星期，他又叫我去了，很高興地，仍用了極有抑揚的聲調對我說道：

“我因為聽說中國人是很敬重鬼的，所以很擔心，怕你不肯解剖屍體。現在總算放心了，沒有這回事。”

但他也偶有使我很為難的時候。他聽說中國的女人是裹腳的，但不知道詳細，所以要問我怎麼裹法，足骨變成怎樣的畸形，還嘆息道，“總要看一看才知道。究竟是怎麼一回事呢？”

有一天，本級的學生會幹事到我寓裡來了，要借我的講義看。我檢出來交給他們，卻只翻檢了一通，並沒有帶走。但他們一走，郵差就送到一封很厚的信，拆開看時，第一句是：

“你改悔罷！”

這是《新約》上的句子罷，但經托爾斯泰新近引用過的。其時正值日俄戰爭，託老先生便寫了一封給俄國和日本的皇帝的信，開首便是這一句。日本報紙上很斥責他的不遜，愛國青年也憤然，然而暗地裡卻早受了他的影響了。其次的話，大略是說上年解剖學試驗的題目，是藤野先生在講義上做了記號，我預先知道的，所以能有這樣的成績。末尾是匿名。

我這才回憶到前幾天的一件事。因為要開同級會，幹事便在黑板上寫廣告，末一句是“請全數到會勿漏為要”，而且在“漏”字旁邊加了一個圈。我當時雖然覺到圈得可笑，但是毫不介意，這回才悟出那字也在譏刺我了，猶言我得了教員漏洩出來的題目。

我便將這事告知了藤野先生；有幾個和我熟識的同學也很不平，一同去詰責幹事託辭檢查的無禮，並且要求他們將檢查的結果，發表出來。終於這流言消滅了，幹事卻又竭力運動，要收回那一封匿名信去。結末是我便將這托爾斯泰式的信退還了他們。

中國是弱國，所以中國人當然是低能兒，分數在六十分以上，便不是自己的能力了：也無怪他們疑惑。但我接著便有參觀槍斃中國人的命運了。第二年添教黴菌學，細菌的形狀是全用電影來顯示的，一段落已完而還沒有到下課的時候，便影幾片時事的片子，自然都是日本戰勝俄國的情形。但偏有中國人夾在裡邊：給俄國人做偵探，被日本軍捕獲，要槍斃了，圍著看的也是一群中國人；在講堂裡的還有一個我。

“萬歲！”他們都拍掌歡呼起來。

這種歡呼，是每看一片都有的，但在我，這一聲卻特別聽得刺耳。此後回到中國來，我看見那些閒看槍斃犯人的人們，他們也何嘗不酒醉似的喝采，——嗚呼，無法可想！但在那時那地，我的意見卻變化了。

到第二學年的終結，我便去尋藤野先生，告訴他我將不學醫學，並且離開這仙台。他的臉色彷彿有些悲哀，似乎想說話，但竟沒有說。

“我想去學生物學，先生教給我的學問，也還有用的。”其實我並沒有決意要學生物學，因為看得他有些淒然，便說了一個慰安他的謊話。

“為醫學而教的解剖學之類，怕於生物學也沒有什麼大幫助。”他嘆息說。

將走的前幾天，他叫我到他家裡去，交給我一張照相，後面寫著兩個字道：“惜別”，還說希望將我的也送他。但我這時適值沒有照相了；他便叮囑我將來照了寄給他，並且時時通信告訴他此後的狀況。

我離開仙台之後，就多年沒有照過相，又因為狀況也無聊，說起來無非使他失望，便連信也怕敢寫了。經過的年月一多，話更無從說起，所以雖然有時想寫信，卻又難以下筆，這樣的一直到現在，竟沒有寄過一封信和一張照片。從他那一面看起來，是一去之後，杳無消息了。

但不知怎地，我總還時時記起他，在我所認為我師的之中，他是最使我感激，給我鼓勵的一個。有時我常常想：他的對於我的熱心的希望，不倦的教誨，小而言之，是為中國，就是希望中國有新的醫學；大而言之，是為學術，就是希望新的醫學傳到中國去。他的性格，在我的眼裡和心裡是偉大的，雖然他的姓名並不為許多人所知道。

他所改正的講義，我曾經訂成三厚本，收藏著的，將作為永久的紀念。不幸七年前遷居的時候，中途毀壞了一口書箱，失去半箱書，恰巧這講義也遺失在內了。責成運送局去找尋，寂無回信。只有他的照相至今還掛在我北京寓居的東牆上，書桌對面。每當夜間疲倦，正想偷懶時，仰面在燈光中瞥見他黑瘦的面貌，似乎正要說出抑揚頓挫的話來，便使我忽又良心發現，而且增加勇氣了，於是點上一支煙，再繼續寫些為“正人君子”之流所深惡痛疾的文字。

十月十二日。

范愛農

在東京的客店裡，我們大抵一起來就看報。學生所看的多是《朝日新聞》和《讀賣新聞》，專愛打聽社會上瑣事的就看《二六新聞》。一天早晨，闢頭就看見一條從中國來的電報，大概是：

"安徽巡撫恩銘被 Jo Shiki Rin 刺殺，刺客就擒。"

大家一怔之後，便容光煥發地互相告語，並且研究這刺客是誰，漢字是怎樣三個字。但只要是紹興人，又不專看教科書的，卻早已明白了。這是徐錫麟，他留學回國之後，在做安徽候補道，辦著巡警事務，正合於刺殺巡撫的地位。

大家接著就預測他將被極刑，家族將被連累。不久，秋瑾姑娘在紹興被殺的消息也傳來了，徐錫麟是被挖了心，給恩銘的親兵炒食淨盡。人心很憤怒。有幾個人便秘密地開一個會，籌集川資；這時用得著日本浪人了，撕烏賊魚下酒，慷慨一通之後，他便登程去接徐伯蓀的家屬去。

照例還有一個同鄉會，弔烈士，罵滿洲；此後便有人主張打電報到北京，痛斥滿政府的無人道。會眾即刻分成兩派：一派要發電，一派不要發。我是主張發電的，但當我說出之後，即有一種鈍滯的聲音跟著起來：

"殺的殺掉了，死的死掉了，還發什麼屁電報呢。"

這是一個高大身材，長頭髮，眼球白多黑少的人，看人總像在渺視。他蹲在席子上，我發言大抵就反對；我早覺得奇怪，注意著他的了，到這時才打聽別人：說這話的是誰呢，有那麼冷？認識的人告訴我說：他叫范愛農，是徐伯蓀的學生。

我非常憤怒了，覺得他簡直不是人，自己的先生被殺了，連打一個電報還害怕，於是便堅執地主張要發電，同他爭起來。結果是主張發電的居多數，他屈服了。其次要推出人來擬電稿。

"何必推舉呢？自然是主張發電的人囉～～。"他說。

我覺得他的話又在針對我，無理倒也並非無理的。但我便主張這一篇悲壯的文章必須深知烈士生平的人做，因為他比別人關係更密切，心裡更悲憤，做出來就一定更動人。於是又爭起來。結果是他不做，我也不做，不知誰承認做去了；其次是大家走散，只留下一個擬稿的和一兩個幹事，等候做好之後去拍發。

從此我總覺得這范愛農離奇，而且很可惡。天下可惡的人，當初以為是滿人，這時才知道還在其次；第一倒是范愛農。中國不革命則已，要革命，首先就必須將范愛農除去。

然而這意見後來似乎逐漸淡薄，到底忘卻了，我們從此也沒有再見面。直到革命的前一年，我在故鄉做教員，大概是春末時候罷，忽然在熟人的客座上看見了一個人，互相熟視了不過兩三秒鐘，我們便同時說：

"哦哦，你是范愛農！"

"哦哦，你是魯迅！"

不知怎地我們便都笑了起來，是互相的嘲笑和悲哀。他眼睛還是那樣，然而奇怪，只這幾年，頭上卻有了白髮了，但也許本來就有，我先前沒有留心到。他穿著很舊的布馬褂，破布鞋，顯得很寒素。談起自己的經歷來，他說他後來沒有了學費，不能再留學，便回來了。回到故鄉之後，又受著輕蔑，排斥，迫害，幾乎無地可容。現在是躲在鄉下，教著幾個小學生糊口。但因為有時覺得很氣悶，所以也趁了航船進城來。

他又告訴我現在愛喝酒，於是我們便喝酒。從此他每一進城，必定來訪我，非常相熟了。我們醉後常談些愚不可及的瘋話，連母親偶然聽到了也發笑。一天我忽而記起在東京開同鄉會時的舊事，便問他：

"那一天你專門反對我，而且故意似的，究竟是什麼緣故呢？"

"你還不知道？我一向就討厭你的，——不但我，我們。"

"你那時之前，早知道我是誰麼？"

"怎麼不知道。我們到橫濱，來接的不就是子英和你麼？你看不起我們，搖搖頭，你自己還記得麼？"

我略略一想，記得的，雖然是七八年前的事。那時是子英來約我的，說到橫濱去接新來留學的同鄉。汽船一到，看見一大堆，大概一共有十多人，一上岸便將行李放到稅關上去候查檢，關吏在衣箱中翻來翻去，忽然翻出一雙繡花的弓鞋來，便放下公事，拿著仔細地看。我很不滿，心裡想，這些鳥男人，怎麼帶這東西來呢。自己不注意，那時也許就搖了搖頭。檢驗完畢，在客店小坐之後，即須上火車。不料這一群讀書人又在客車上讓起坐位來了，甲要乙坐在這位上，乙要丙去坐，揖讓未終，火車已開，車身一搖，即刻跌倒了三四個。我那時也很不滿，暗地裡想：連火車上的坐位，他們也要分出尊卑來……。自己不注意，也許又搖了搖頭。然而那群雍容揖讓的人物中就有范愛農，卻直到這一天才想到。豈但他呢，說起來也慚愧，這一群裡，還有後來在安徽戰死的陳伯平烈士，被害的馬宗漢烈士；被囚在黑獄裡，到革命後才見天日而身上永帶著匪刑的傷痕的也還有一兩人。而我都茫無所知，搖著頭將他們一併運上東京了。徐伯蓀雖然和他們同船來，卻不在這車上，因為他在神戶就和他的夫人坐車走了陸路了。

我想我那時搖頭大約有兩回，他們看見的不知道是哪一回。讓坐時喧鬧，檢查時幽靜，一定是在稅關上的那一回了，試問愛農，果然是的。

"我真不懂你們帶這東西做什麼？是誰的？"

"還不是我們師母的？"他瞪著他多白的眼。

“到東京就要假裝大腳，又何必帶這東西呢？”

“誰知道呢？你問她去。”

到冬初，我們的景況更拮据了，然而還喝酒，講笑話。忽然是武昌起義，接著是紹興光復。第二天愛農就上城來，戴著農夫常用的氈帽，那笑容是從來沒有見過的。

“老迅，我們今天不喝酒了。我要去看看光復的紹興。我們同去。”

我們便到街上去走了一通，滿眼是白旗。然而貌雖如此，內骨子是依舊的，因為還是幾個舊鄉紳所組織的軍政府，什麼鐵路股東是行政司長，錢店掌櫃是軍械司長……。這軍政府也到底不長久，幾個少年一嚷，王金發帶兵從杭州進來了，但即使不嚷或者也會來。他進來以後，也就被許多閒漢和新進的革命黨所包圍，大做王都督。在衙門裡的人物，穿布衣來的，不上十天也大概換上皮袍子了，天氣還並不冷。

我被擺在師範學校校長的飯碗旁邊，王都督給了我校款二百元。愛農做監學，還是那件布袍子，但不大喝酒了，也很少有工夫談閒天。他辦事，兼教書，實在勤快得可以。

“情形還是不行，王金發他們。” 一個去年聽過我的講義的少年來訪問我，慷慨地說，“我們要辦一種報來監督他們。不過發起人要借用先生的名字。還有一個是子英先生，一個是德清先生。為社會，我們知道你決不推卻的”。

我答應他了。兩天後便看見出報的傳單，發起人誠然是三個。五天後便見報，開首便罵軍政府和那裡面的人員；此後是罵都督，都督的親戚，同鄉，姨太太……。

這樣地罵了十多天，就有一種消息傳到我的家裡來，說都督因為你們詐取了他的錢，還罵他，要派人用手槍來打死你們了。

別人倒還不打緊，第一個著急的是我的母親，叮囑我不要再出去。但我還是照常走，並且說明，王金發是不來打死我們的，他雖然綠林大學出身，而殺人卻不很輕易。況且我拿的是校款，這一點他還能明白的，不過說說罷了。

果然沒有來殺。寫信去要經費，又取了二百元。但彷彿有些怒意，同時傳令道：再來要，沒有了！

不過愛農得到了一種新消息，卻使我很為難。

原來所謂“詐取”者，並非指學校經費而言，是指另有送給報館的一筆款。報紙上罵了幾天之後，王金發便叫人送去了五百元。於是乎我們的少年們便開起會議來，第一個問題是：收不收？決議曰：收。第二個問題是：收了之後罵不罵？決議曰：罵。理由是：收錢之後，他是股東；股東不好，自然要罵。

我即刻到報館去問這事的真假。都是真的。略說了幾句不該收他錢的話，一個名為會計的便不高興了，質問我道：

“報館為什麼不收股本？”

“這不是股本……。”

“不是股本是什麼？”

我就不再說下去了，這一點世故是早已知道的，倘我再說出連累我們的話來，他就會面斥我太愛惜不值錢的生命，不肯為社會犧牲，或者明天在報上就可以看見我怎樣怕死發抖的記載。

然而事情很湊巧，季茀寫信來催我往南京了。愛農也很贊成，但頗淒涼，說：

“這裡又是那樣，住不得。你快去罷……。”

我懂得他無聲的話，決計往南京。先到都督府去辭職，自然照准，派來了一個拖鼻涕的接收員，我交出賬目和餘款一角又兩銅元，不是校長了。後任是孔教會會長傅力臣。

報館案是我到南京後兩三個星期了結的，被一群兵們搗毀。子英在鄉下，沒有事；德清適值在城裡，大腿上被刺了一尖刀。他大怒了。自然，這是很有些痛的，怪他不得。他大怒之後，脫下衣服，照了一張照片，以顯示一寸來寬的刀傷，並且做一篇文章敘述情形，向各處分送，宣傳軍政府的橫暴。我想，這種照片現在是大約未必還有人收藏著了，尺寸太小，刀傷縮小到幾乎等於無，如果不加說明，看見的人一定以為是帶些瘋氣的風流人物的裸體照片，倘遇見孫傳芳大帥，還怕要被禁止的。

我從南京移到北京的時候，愛農的學監也被孔教會會長的校長設法去掉了。他又成了革命前的愛農。我想為他在北京尋一點小事做，這是他非常希望的，然而沒有機會。他後來便到一個熟人的家裡去寄食，也時時給我信，景況愈困窮，言辭也愈淒苦。終於又非走出這熟人的家不可，便在各處飄浮。不久，忽然從同鄉那裡得到一個消息，說他已經掉在水裡，淹死了。

我疑心他是自殺。因為他是浮水的好手，不容易淹死的。

夜間獨坐在會館裡，十分悲涼，又疑心這消息並不確，但無端又覺得這是極其可靠的，雖然並無證據。一點法子都沒有，只做了四首詩，後來曾在一種日報上發表，現在是將要忘記完了。只記得一首裡的六句，起首四句是："把酒論天下，先生小酒人，大圜猶酩酊，微醉合沉淪。" 中間忘掉兩句，末了是"舊朋雲散盡，余亦等輕塵"。

後來我回故鄉去，才知道一些較為詳細的事。愛農先是什麼事也沒得做，因為大家討厭他。他很困難，但還喝酒，是朋友請他的。他已經很少和人們來往，常見的只剩下幾個後來認識的較為年青的人了，然而他們似乎也不願意多聽他的牢騷，以為不如講笑話有趣。

"也許明天就收到一個電報，拆開來一看，是魯迅來叫我的。" 他時常這樣說。

一天，幾個新的朋友約他坐船去看戲，回來已過夜半，又是大風雨，他醉著，卻偏要到船舷上去小解。大家勸阻他，也不聽，自己說是不會掉下去的。但他掉下去了，雖然能浮水，卻從此不起來。

第二天打撈屍體，是在菱蕩裡找到的，直立著。

我至今不明白他究竟是失足還是自殺。

他死後一無所有，遺下一個幼女和他的夫人。有幾個人想集一點錢作他女孩將來的學費的基金，因為一經提議，即有族人來爭這筆款的保管權，——其實還沒有這筆款，——大家覺得無聊，便無形消散了。

現在不知他唯一的女兒景況如何？倘在上學，中學已該畢業了罷。

十一月十八日。

後記

我在第三篇講《二十四孝》的開頭，說北京恐嚇小孩的“馬虎子”應作“麻胡子”，是指麻叔謀，而且以他為胡人。現在知道是錯了，“胡”應作“祜”，是叔謀之名，見唐人李濟翁做的《資暇集》卷下，題云《非麻胡》。原文如次：

> 俗怖嬰兒曰：麻胡來！不知其源者，以為多髯之神而驗刺者，非也。隋將軍麻祜，性酷虐，煬帝令開汴河，威稜既盛，至稚童望風而畏，互相恐嚇曰：麻祜來！稚童語不正，轉祜為胡。只如憲宗朝涇將郝玼，蕃中皆畏憚，其國嬰兒啼者，以玼怖之則止。又，武宗朝，閭閻孩孺相脅云：薛尹來！咸類此也。況《魏志》載張文遠遼來之明證乎？（原注：麻祜廟在睢陽。鄜方節度李丕即其後。丕為重建碑。）

原來我的識見，就正和唐朝的“不知其源者”相同，貽譏於千載之前，真是咎有應得，只好苦笑。但又不知麻祜廟碑或碑文，現今尚在睢陽或存於方志中否？倘在，我們當可以看見和小說《開河記》所載相反的他的功業。

因為想尋幾張插畫，常維鈞兄給我在北京搜集了許多材料，有幾種是為我所未曾見過的。如光緒己卯（1879）肅州胡文炳作的《二百卌孝圖》——原書有注云：“卌讀如習。”我真不解他何以不直稱四十，而必須如此麻煩——即其一。我所反對的“郭巨埋兒”，他於我還未出世的前幾年，已經刪去了。序有云：

> ……坊間所刻《二十四孝》，善矣。然其中郭巨埋兒一事，揆之天理人情，殊不可以訓。……炳竊不自量，妄為編輯。凡矯枉過正而刻意求名者，概從割愛；惟擇其事之不詭於正，而人人可為者，類為六門。……

這位肅州胡老先生的勇決，委實令我佩服了。但這種意見，恐怕是懷抱者不乏其人，而且由來已久的，不過大抵不敢毅然刪改，筆之於書。如同治十一年（1872）刻的《百孝圖》，前有紀常鄭績序，就說：

> ……況邇來世風日下，沿習澆漓，不知孝出天性自然，反以孝作另成一事。且擇古人投爐埋兒為忍心害理，指割股抽腸為損親遺體。殊未審孝只在乎心，不在乎跡。盡孝無定形，行孝無定事。古之孝者非在今所宜，今之孝者難泥古之事。因此時此地不同，而其人其事各異，求其所以盡孝之心則一也。子夏曰：事父母能竭其力。故孔門問孝，所答何嘗有同然乎？……

則同治年間就有人以埋兒等事為“忍心害理”，灼然可知。至於這一位“紀常鄭績”先生的意思，我卻還是不大懂，或者像是說：這些事現在可以不必學，但也不必說他錯。

這部《百孝圖》的起源有點特別，是因為見了“粵東顏子”的《百美新詠》而作的。人重色而己重孝，衛道之盛心可謂至矣。雖然是“會稽俞葆真蘭浦編輯”，與不佞有同鄉之誼，——但我還只得老實說：不大高明。例如木蘭從軍的出典，他注云：“隋史”。這樣名目的書，現今是沒有的；倘是《隋書》，那裡面又沒有木蘭從軍的事。

而中華民國九年（1920），上海的書店卻偏偏將它用石印翻印了，書名的前後各添了兩個字：《男女百孝圖全傳》。第一葉上還有一行小字道：家庭教育的好模範。又加了一篇“吳下大錯王鼎謹識”的序，開首先發同治年間“紀常鄭績”先生一流的感慨：

> 慨自歐化東漸，海內承學之士，囂囂然侈談自由平等之說，致道德日就淪胥，人心日益澆漓，寡廉鮮恥，無所不為，僥倖行險，人思倖進，求所謂砥礪廉隅，束身自愛者，世不多睹焉。……起觀斯世之忍心害理，幾全如陳叔寶之無心肝。長此滔滔，伊何底止？……

其實陳叔寶模糊到好像“全無心肝”，或者有之，若拉他來配“忍心害理”，卻未免有些冤枉。這是有幾個人以評“郭巨埋兒”和“李娥投爐”的事的。

至於人心，有幾點確也似乎正在澆漓起來。自從《男女之秘密》，《男女交合新論》出現後，上海就很有些書名喜歡用“男女”二字冠首。現在是連“以正人心而厚風俗”的《百孝圖》上也加上了。這大概為因不滿於《百美新詠》而教孝的“會稽俞葆真蘭浦”先生所不及料的罷。

從說“百行之先”的孝而忽然拉到“男女”上去，彷彿也近乎不莊重，——澆漓。但我總還想趁便說幾句，——自然竭力來減省。

我們中國人即使對於“百行之先”，我敢說，也未必就不想到男女上去的。太平無事，閒人很多，偶有“殺身成仁捨生取義”的，本人也許忙得不暇檢點，而活著的旁觀者總會加以綿密的研究。曹娥的投江覓父，淹死後抱父屍出，是載在正史，很有許多人知道的。但這一個“抱”字卻發生過問題。

我幼小時候，在故鄉曾經聽到老年人這樣講：

……死了的曹娥，和她父親的屍體，

最初是面對面抱著浮上來的。然而過往行人看見的都發笑了，說：哈哈！這麼一個年青姑娘抱著這麼一個老頭子！於是那兩個死屍又沉下去了；停了一刻又浮起來，這回是背對背的負著。

好！在禮義之邦裡，連一個年幼——嗚呼，"娥年十四"而已——的死孝女要和死父親一同浮出，也有這麼艱難！

我檢查《百孝圖》和《二百卌孝圖》，畫師都很聰明，所畫的是曹娥還未跳入江中，只在江干啼哭。但吳友如畫的《女二十四孝圖》(1892)卻正是兩屍一同浮出的這一幕，而且也正畫作"背對背"，如第一圖的上方。我想，他大約也知道我所聽到的那故事的。還有《後二十四孝圖說》，也是吳友如畫，也有曹娥，則畫作正在投江的情狀，如第一圖下。

就我現今所見的教孝的圖說而言，古今頗有許多遇盜，遇虎，遇火，遇風的孝子，那應付的方法，十之九是"哭"和"拜"。

中國的哭和拜，什麼時候才完呢？

後二十四孝圖說
曹娥投江
尋父屍
三

至於畫法，我以為最簡古的倒要算日本的小田海僊本，這本子早已印入《點石齋叢畫》裡，變成國貨，很容易入手的了。吳友如畫的最細巧，也最能引動人。但他於歷史畫其實是不大相宜的；他久居上海的租界裡，耳濡目染，最擅長的倒在作"惡鴇虐妓"，"流氓拆梢"一類的時事畫，那真是勃勃有生氣，令人在紙上看出上海的洋場來。但影響殊不佳，近來許多小說和兒童讀物的插畫中，往往將一切女性畫成妓女樣，一切孩童都畫得像一個小流氓，大半就因為太看了他的畫本的緣故。

而孝子的事跡也比較地更難畫，因為總是慘苦的多。譬如"郭巨埋兒"，無論如何總難以畫到引得孩子眉飛色舞，自願躺到坑裡去。還有"嘗糞心憂"，也不容易引人入勝。還有老萊子的"戲彩娛親"，題詩上雖說"喜色滿庭闈"，而圖畫上卻絕少有有趣的家庭的氣息。

我現在選取了三種不同的標本，合成第二圖。上方的是《百孝圖》中的一部分，"陳村何雲梯"畫的，畫的是"取水上堂詐跌臥地作嬰兒啼"這一段。也帶出"雙親開口笑"來。中間的一小塊是我從"直北李錫彤"畫的《二十四孝圖詩合刊》上描下來的，

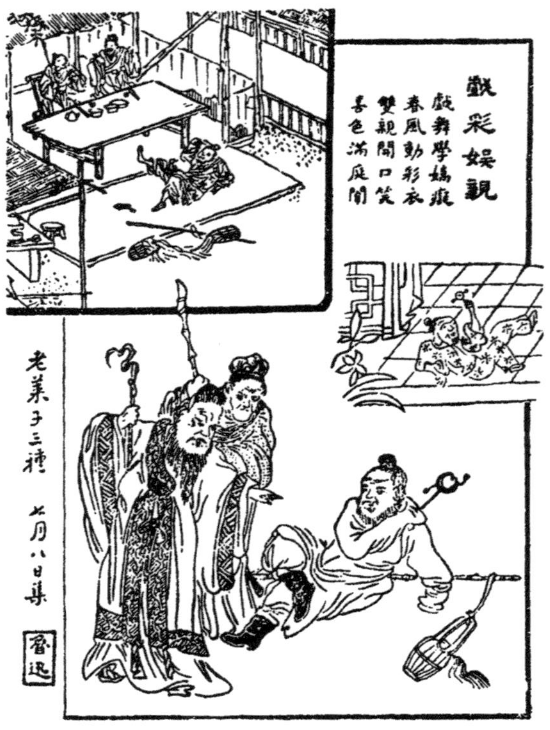
戲彩娛親
戲舞學嬌痴
春風動彩衣
雙親開口笑
喜色滿庭闈
老萊子三種　七月八日集
魯迅

畫的是“著五色斑斕之衣為嬰兒戲於親側”這一段；手裡捏著“搖咕咚”，就是“嬰兒戲”這三個字的點題。但大約李先生覺得一個高大的老頭子玩這樣的把戲究竟不像樣，將他的身子竭力收縮，畫成一個有鬍子的小孩子了。然而仍然無趣。至於線的錯誤和缺少，那是不能怪作者的，也不能埋怨我，只能去罵刻工。查這刻工當前清同治十二年（1873）時，是在“山東省布政司街南首路西鴻文堂刻字處”。下方的是“民國壬戌”（1922）慎獨山房刻本，無畫人姓名，但是雙料畫法，一面“詐跌臥地”，一面“為嬰兒戲”，將兩件事合起來，而將“斑斕之衣”忘卻了。吳友如畫的一本，也合兩事為一，也忘了斑斕之衣，只是老萊子比較的胖一些，且綰著雙丫髻，——不過還是無趣味。

人說，諷刺和冷嘲只隔一張紙，我以為有趣和肉麻也一樣。孩子對父母撒嬌可以看得有趣，若是成人，便未免有些不順眼。放達的夫妻在人面前的互相愛憐的態度，有時略一跨出有趣的界線，也容易變為肉麻。老萊子的作態的圖，正無怪誰也畫不好。像這些圖畫上似的家庭裡，我是一天也住不舒服的，你看這樣一位七十歲的老太爺整年假惺惺地玩著一個“搖咕咚”。

漢朝人在宮殿和墓前的石室裡，多喜歡繪畫或雕刻古來的帝王，孔子弟子，列士，列女，孝子之類的圖。宮殿當然一椽不存了；石室卻偶然還有，而最完全的是山東嘉祥縣的武氏石室。我彷彿記得那上面就刻著老萊子的故事。但現在手頭既沒有拓本，也沒有《金石萃編》，不能查考了；否則，將現時的和約一千八百年前的圖畫比較起來，也是一種頗有趣味的事。

關於老萊子的，《百孝圖》上還有這樣的一段：

> …… 萊子又有弄雛娛親之事：嘗弄雛於雙親之側，欲親之喜。（原注：《高士傳》。）

誰做的《高士傳》呢？嵇康的，還是皇甫謐的？也還是手頭沒有書，無從查考。只在新近因為白得了一個月的薪水，這才發狠買來的《太平御覽》上查了一通，到底查不著，倘不是我粗心，那就是出於別的唐宋人的類書裡的了。但這也沒有什麼大關係。我所覺得特別的，是文中的那“雛”字。

我想，這“雛”未必一定是小禽鳥。孩子們喜歡弄來玩耍的，用泥和綢或布做成的人形，日本也叫 Hina，寫作“雛”。他們那裡往往存留中國的古語；而老萊子在父母面前弄孩子的玩具，也比弄小禽鳥更自然。所以英語的 Doll，即我們現在稱為“洋囡囡”或“泥人兒”，而文字上只好寫作“傀儡”的，說不定古人就稱“雛”，後來中絕，便只殘存於日本了。但這不過是我一時的臆測，此外也並無什麼堅實的憑證。

這弄雛的事，似乎也還沒有人畫過圖。

我所搜集的另一批，是內有“無常”的畫像的書籍。一曰《玉歷鈔傳警世》（或無下二字），一曰《玉歷至寶鈔》（或作編）。其實是兩種都差不多的。關於搜集的事，我首先仍要感謝常維鈞兄，他寄給我北京龍光齋本，又鑑光齋本；天津思過齋本，又石印局本；南京李光明莊本。其次是章矛塵兄，給我杭州瑪瑙經房本，紹興許廣記本，最近石印本。又其次是我自己，得到廣州寶經閣本，又翰元樓本。

這些《玉歷》，有繁簡兩種，是和我的前言相符的。但我調查了一切無常的畫像之後，卻恐慌起來了。因為書上的“活無常”是花袍，紗帽，背後插刀；而拿算盤，戴高帽子的卻是“死有分”！雖然面貌有兇惡和和善之別，腳下有草鞋和布（？）鞋之殊，也不過畫工偶然的隨便，而最關緊要的題字，則全體一致，曰：“死有分”。嗚呼，這明明是專在和我為難。

然而我還不能心服。一者因為這些書都不是我幼小時候所見的那一部，二者因為我還確信我的記憶並沒有錯。不過撕下一葉來做插畫的企圖，卻被無聲無臭地打得粉碎了。只得選取標本各一——南京本的死有分和廣州本的活無常——之外，還自己動手，添畫一個我所記得的目連戲或迎神賽會中的“活無常”來塞責，如第三圖上方。好在我並非畫家，雖然太不高明，讀者也許不至於嗔責罷。先前想不到後來，曾經對於吳友如先生輩頗說過幾句蹊蹺話，不料曾幾何時，即須自己出醜了，現在就預先辯解幾句在這裡存案。但是，如果無效，那也只好直抄徐（印世昌）大總統的哲學：聽其自然。

還有不能心服的事，是我覺得雖是宣傳《玉歷》的諸公，於陰間的事情其實也不大了然。例如一個這部《百孝圖》的起源有點特別，是因為見了“粵東顏子”的《百美新詠》而作的。人重色而己重孝，衛道之盛心可謂至矣。雖然是“會稽俞葆真蘭浦編輯”，與不佞有同鄉之誼，——但我還只得老實說：不大高明。例如木蘭從軍的出典，他注云：“隋史”。這樣名目的書，現今是沒有的；倘是《隋書》，那裡面又沒有木蘭從軍的事。

而中華民國九年（1920），上海的書店卻偏偏將它用石印翻印了，書名的前後各添了兩個字：《男女百孝圖全傳》。第一葉上還有一行小字道：家庭教育的好模範。又加了一篇“吳下大錯王鼎謹識”的序，開首先發同治年間“紀常鄭績”先生一流的感慨：

> 慨自歐化東漸，海內承學之士，囂囂然侈談自由平等之說，致道德日就淪胥，人心日益澆漓，寡廉鮮恥，無所不為，僥倖行險，人思倖進，求所謂砥礪廉隅，束身自愛者，世不多睹焉。……起觀斯世之忍心害理，幾全如陳叔寶之無心肝。長此滔滔，伊何底止？……

其實陳叔寶模糊到好像“全無心肝”，或者有之，若拉他來配“忍心害理”，卻未免有些冤枉。這是有幾個人以評“郭巨埋兒”和“李娥投爐”的事的。

至於人心，有幾點確也似乎正在澆漓起來。自從《男女之秘密》，《男女交合新論》出現後，上海就很有些書名喜歡用“男女”二字冠首。現在是連“以正人心而厚風俗”的《百孝圖》上也加上了。這大概為因不滿於《百美新詠》而教孝的“會稽俞葆真蘭浦”先生所不及料的罷。

從說“百行之先”的孝而忽然拉到“男女”上去，彷彿也近乎不莊重，——澆漓。但我總還想趁便說幾句，——自然竭力來減省。

我們中國人即使對於“百行之先”，我敢說，也未必就不想到男女上去的。太平無事，閒人很多，偶有“殺身成仁捨生取義”的，本人也許忙得不暇檢點，而活著的旁觀者總會加以綿密的研究。曹娥的投江覓父，淹死後抱父屍出，是載在正史，很有許多人知道的。但這一個“抱”字卻發生過問題。

我幼小時候，在故鄉曾經聽到老年人這樣講：

……死了的曹娥，和她父親的屍體，

《那怕你，銅牆鐵壁！》
一九二七、二五．
L.
死有分
活無常
玉歷至寶編
圖像
傳

人初死時的情狀，那圖像就分成兩派。一派是只來一位手執鋼叉的鬼卒，叫作“勾魂使者”，此外什麼都沒有；一派是一個馬面，兩個無常——陽無常和陰無常——而並非活無常和死有分。倘說，那兩個就是活無常和死有分罷，則和單個的畫像又不一致。如第四圖版上的 A，陽無常何嘗是花袍紗帽？只有陰無常卻和單畫的死有分頗相像的，但也放下算盤拿了扇。這還可以說大約因為其時是夏天，然而怎麼又長了那麼長的絡腮鬍子了呢？難道夏天時疫多，他竟忙得連修刮的工夫都沒有了麼？這圖的來源是天津思過齋的本子，合併聲明；還有北京和廣州本上的，也相差無幾。

B 是從南京的李光明莊刻本上取來的，圖畫和 A 相同，而題字則正相反了：天津本指為陰無常者，它卻道是陽無常。但和我的主張是一致的。那麼，倘有一個素衣高帽的東西，不問他鬍子之有無，北京人，天津人，廣州人只管去稱為陰無常或死有分，我和南京人則叫他活無常，各隨自己的便罷。“名者，實之賓也”，不關什麼緊要的。

不過我還要添上一點 C 圖，是紹興許廣記刻本中的一部分，上面並無題字，不知宣傳者於意云

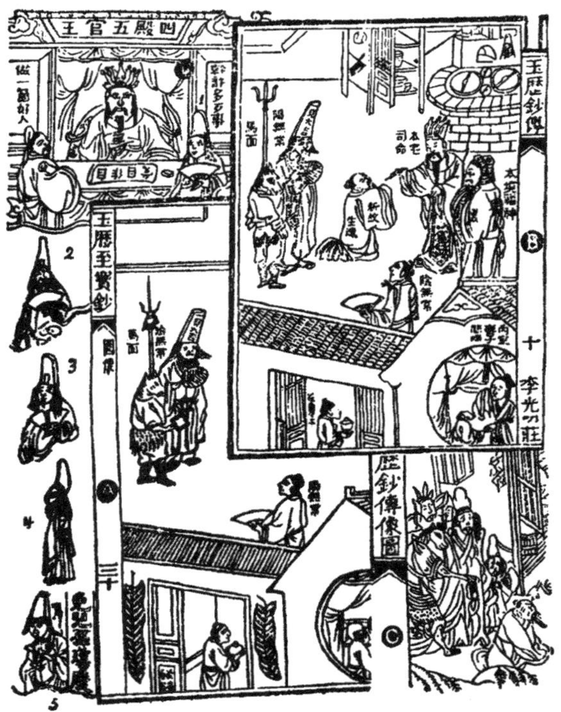

何。我幼小時常常走過許廣記的門前，也閒看他們刻圖畫，是專愛用弧線和直線，不大肯作曲線的，所以無常先生的真相，在這裡也難以判然。只是他身邊另有一個小高帽，卻還能分明看出，為別的本子上所無。這就是我所說過的在賽會時候出現的阿領。他連辦公時間也帶著兒子（？）走，我想，大概是在叫他跟隨學習，預備長大之後，可以“無改於父之道”的。

除勾攝人魂外，十殿閻羅王中第四殿五官王的案桌旁邊，也什九站著一個高帽腳色。如 D 圖，1 取自天津的思過齋本，模樣頗漂亮；2 是南京本，舌頭拖出來了，不知何故；3 是廣州的寶經閣本，扇子破了；4 是北京龍光齋本，無扇，下巴之下一條黑，我看不透它是鬍子還是舌頭；5 是天津石印局本，也頗漂亮，然而站到第七殿泰山王的公案桌邊去了：這是很特別的。

又，老虎噬人的圖上，也一定畫有一個高帽的腳色，拿著紙扇子暗地裡在指揮。不知道這也就是無常呢，還是所謂“倀鬼”？但我鄉戲文上的倀鬼都不戴高帽子。

研究這一類三魂渺渺，七魄茫茫，“死無對證”的學問，是很新穎，也極佔便宜的。假使徵集材料，開始討論，將各種往來的信件都編印起來，恐怕也可以出三四本頗厚的書，並且因此升為“學者”。但是，“活無常學者”，名稱不大冠冕，我不想幹下去了，只在這裡下一個武斷：

《玉歷》式的思想是很粗淺的：“活無常”和“死有分”，合起來是人生的象徵。人將死時，本只須死有分來到。因為他一到，這時候，也就可見“活無常”。

但民間又有一種自稱“走陰”或“陰差”的，是生人暫時入冥，幫辦公事的腳色。因為他幫同勾魂攝魄，大家也就稱之為“無常”；又以其本是生魂也，則別之曰“陽”，但從此便和“活無常”隱然相混了。如第四圖版之A，題為“陽無常”的，是平常人的普通裝束，足見明明是陰差，他的職務只在領鬼卒進門，所以站在階下。

既有了生魂入冥的“陽無常”，便以“陰無常”來稱職務相似而並非生魂的死有分了。

做目連戲和迎神賽會雖說是禱祈，同時也等於娛樂，扮演出來的應該是陰差，而普通狀態太無趣，——無所謂扮演，——不如奇特些好，於是就將“那一個無常”的衣裝給他穿上了；——自然原也沒有知道得很清楚。然而從此也更傳訛下去。所以南京人和我之所謂活無常，是陰差而穿著死有分的衣冠，頂著真的活無常的名號，大背經典，荒謬得很的。

不知海內博雅君子，以為何如？

我本來並不準備做什麼後記，只想尋幾張舊畫像來做插圖，不料目的不達，便變成一面比較，剪貼，一面亂發議論了。那一點本文或作或輟地幾乎做了一年，這一點後記也或作或輟地幾乎做了兩個月。天熱如此，汗流浹背，是亦不可以已乎：爰為結。

一九二七年七月十一日，
寫完於廣州東堤寓樓之西窗下。